„Alles, was wir sind, ist ein Resultat dessen, was wir gedacht haben."

Buddha (563-483 v. Chr.)

Angelika Heuer

Mein Weg ins

neue Leben

Die Geschichte einer Depression

© 2014 Angelika Heuer

Umschlag, Illustration: Angelika Heuer

Verlag: tredition GmbH, Hamburg

ISBN

Paperback   978-3-7345-0008-4

Hardcover   978-3-7345-0009-1

e-Book   978-3-7345-0010-7

Printed in Germany

Inhalt:

Danke

Ich habe dieses Buch geschrieben, um mich damit bei meiner Familie, meiner besten Freundin, den Ärzten, Schwestern und Therapeuten zu bedanken. Sie haben all die Jahre und Jahrzehnte trotz dieser schrecklichen Ängste und Depressionen zu mir gehalten. Sie haben mich unterstützt oder mich einfach nur so ertragen, wie ich war. Es war für meine Familie nicht immer leicht, aber glaubt mir, meine Lieben, ich konnte nicht anders. Dieses Buch soll aber auch anderen Menschen Mut machen. Es soll zeigen, wieviel Leid man ertragen und überwinden kann, wenn man kämpft und sich nicht aufgibt. Ein besonderer Dank gilt dem Diplom Psychologen Herrn S., der mich auf meinen neuen Lebensweg geführt hat, der mir den Anstoß gab, endlich so zu sein, wie ich wirklich bin, und das zu tun, was ich will und was mich erfüllt. Durch ihn habe ich längst verlorengeglaubte Interessen und Fähigkeiten wieder entdeckt. Ich habe gelernt, mit der Krankheit umzugehen. Dieses Buch soll allen Betroffenen Hoffnung geben.

Denn ohne Hoffnung ist das Leben nicht lebenswert.

Januar 1999

Ein neues Jahr fängt an. Was wird es bringen? Die Knoten in meiner Brust haben sich als harmlose Zysten entpuppt. Meine Mutter wird nach ihrer schweren Operation wieder ganz gesund werden. Der Rest der Familie ist wohlauf und hat Arbeit. Wir haben ein Haus, ein Auto und all diese materiellen Dinge, die das Leben angeblich so lebenswert machen. Ich müsste doch eigentlich glücklich und zufrieden sein. Aber ich bin es nicht! Was ist nur los mit mir? Seit ich arbeitslos bin, geht es mir von Tag zu Tag schlechter. Dabei hatte ich gedacht; was ist schon dabei, du hast seit Jahren keinen richtigen Urlaub mehr gemacht, jetzt spannst du erst einmal richtig aus. Wenn der Winter vorbei ist, geht es in der Baubranche wieder aufwärts und du findest etwas Neues! Aber alles ist auf einmal ganz anders. Ich habe Zeit und weiß nichts damit anzufangen. Im Haus ist in den letzten Monaten viel liegengeblieben, aber ich weiß einfach nicht, wo und wie ich beginnen soll. So wie ein Tiger im Käfig renne ich im Haus hin und her. Gehetzt von einer inneren Unruhe, die ich mir nicht erklären kann. Mein Körper scheint mit der plötzlichen Ruhe nicht klarzukommen. Ich fühle mich so, als hätte ich Entzugserscheinungen. Entzug vom vierzehn Stunden Arbeitstag, wenn es überhaupt so etwas gibt. Stressentzug, mein Körper rebelliert. Herzrasen, Übelkeit, Schwindel, Kopfschmerzen und Angst.

Alles ist plötzlich so schwer. Wir haben keine finanziellen Sorgen, die Familie ist gesund, warum also Angst? Wovor? Fragen über Fragen, doch ich finde keine Antworten. Angst gehört schon lange zu meinem Leben. Soweit ich mich zurückerinnern kann, bin ich ängstlich. Ich glaube sogar, es wurde mir mit in die Wiege gelegt, denn zur Zeit meiner Geburt hatten meine Eltern, fern ihrer Heimat wohnend, große Existenzsorgen.

Als ich gerade ein Jahr alt war, musste ich mit einer schweren Lungenentzündung ins Krankenhaus. Anders als heute durften die Eltern damals nicht bei den Kindern bleiben. Auch das hat sicher zur Ausprägung meiner Angst beigetragen. Kurz nach diesem Ereignis folgte ein Umzug zurück in die Heimat meiner Eltern, nach Magdeburg. Meine Mutter fing an zu studieren und mein Vater hatte wieder Arbeit. Das bedeutete für mich Kinderkrippe und an vielen Abenden eine Kinderfrau. Wieder wurde meine Angst genährt durch das Fremde. Aus Erzählungen weiß ich, dass ich im Kindergarten nicht mit anderen Kindern spielen wollte. Stattdessen saß ich bei der Kindergartenleiterin unter dem Schreibtisch. Alle ließen mich gewähren und keiner machte sich Gedanken darüber. Mit dem Examensabschluss als Hebamme erhielt meine Mutter eine Anstellung im Krankenhaus Calbe/Saale.

Allerdings konnte sie uns im ersten Jahr aufgrund einer fehlenden Wohnung nicht mitnehmen. Mein Bruder Ulrich ging schon zur Schule und wurde bei der Oma einquartiert. Ich ging weiter in den Kindergarten, wurde zwischen Kinderfrau, Tante, Oma, Vater und Mutter hin und her gereicht. Nach einem Jahr erhielt meine Mutter eine Wohnung und wir zogen alle nach Calbe.

Wieder eine neue Umgebung und wieder viele einsame Stunden durch die Schichtarbeit meiner Eltern. Ich kann mich kaum an die Zeit erinnern, weiß alles nur aus Erzählungen meiner Eltern und meines Bruders. Nicht einmal an meine Einschulung gibt es eine Erinnerung und auch keine Bilder. Ein Jahr nach meiner Einschulung stand wieder eine Veränderung an. Neue Wohnung, neue Schule, neue Menschen. Daran kann ich mich noch gut erinnern. Ich hatte vor allem Angst, was fremd war. War am liebsten allein, wie ich es gewöhnt war. Während der Schulzeit hatte ich nur sehr wenige Freunde. Die meiste Zeit verbrachte ich zu Hause. Ich habe viel gebastelt, gemalt, mit Puppen gespielt und als ich lesen konnte, schaffte ich mir durch Bücher eine Traumwelt. Ich sammelte alles was mir gefiel, was meine Neugier weckte und was die Natur so hergab. Meine Mutter hatte leider kein Verständnis für meine Sammelleidenschaft. Es kam zum Beispiel vor, dass ich einmal einen Schuhkarton mit Maikäfern unterm Bett vergaß, der anfing zu stinken. Da gab es richtigen Ärger und ich fühlte mich unverstanden, ungeliebt und war zutiefst gekränkt. Ulrich, der vier Jahre älter ist als ich, hat es gut verstanden, meine ängstliche Art auszunutzen.

Wenn meine Eltern die gleiche Schicht hatten, waren wir viele Stunden allein. Während dieser Zeit hatten wir auch Hausarbeiten zu erledigen. Ulrich hatte wenig Lust dazu und zwang mich oft, seine Arbeiten mit zu übernehmen. Wenn ich mich dagegen auflehnte, bekam ich seinen Ärger zu spüren. Er sperrte mich in einen Wandschrank ein, in dem wir Putzmittel, Schuhe und ähnliches lagerten. Von außen schloss er die Tür zu. Noch heute rieche ich, nur bei dem Gedanken daran, den Bohnerwachs und die Schuhcreme. Was sollte ich machen, ich war viel kleiner und schwächer. Ich erinnere mich gut, an das Herzrasen, das gleiche, wie ich es auch heute bei den Panikattacken habe. Ich schrie und klopfte von innen an die Tür. Aus Angst, die Nachbarn könnten es hören, ließ er mich irgendwann heraus. Ich denke, meine Platzangst wurde damals geboren. Meinen Eltern konnte ich nicht davon erzählen, ich wusste ja, es kommt wieder der Moment, wo wir alleine sind und dann würde er sich an mir rächen. Also erduldete ich alles still, zog mich in mein Bett zurück und weinte mich dort aus, „ungeliebt" und von der ganzen Welt verlassen. Aber er gab mir auch sehr viel Wärme, Halt und Geborgenheit.

Besonders in Erinnerung geblieben sind mir die Zeiten der häufigen Stromsperren zu der damaligen Zeit, an denen wir alleine zu Hause waren. Natürlich hatte ich da große Angst. Wir saßen eng beieinander bei Kerzenlicht und er tröstete mich, obwohl er sicher genauso unsicher war. Einmal haben wir sogar die Tischdecke angekokelt, weil wir keine Kerzen mehr hatten und die Stromsperre noch immer nicht zu Ende war. Den herunter tropfenden Wachs versuchten wir immer wieder oben drauf zu träufeln. Es war eine riesige Sauerei auf dem Tisch. Wenn wir was ausgefressen hatten, hielten wir immer zusammen. Wir waren beide Opfer dieser Zeit und wir waren Kinder. Mein einziger Vertrauter war mein Wellensittich. Er war immer für mich da. Ihm konnte ich alles erzählen. Jacki war so zutraulich, dass ich sogar mit ihm schmusen konnte. Als ich eines Tages aus der Schule kam, war er tot. Ich saß weinend vor seinem Käfig, bis meine Eltern nach Hause kamen. Irgendwie lernte ich, mit meinen Ängsten zu leben und sie zu erdulden. Ich hatte mich mit ihnen arrangiert, hatte sie zwanzig Jahre im Griff. Situationen, die mir besonders zu schaffen machten, wurden eben einfach gemieden. Kein erfreulicher Zustand, aber das gehörte nun einmal zu mir wie zu anderen Menschen eine körperliche Behinderung.

Aber jetzt bricht die Angst aus.

Sie wird mächtig und ich bin ihr ausgeliefert. Alle meine Hilferufe verhallen im Nichts. Keiner kann mich verstehen, wie auch, ich verstehe mich ja selbst nicht. Ich habe das Gefühl, in einen Strudel geraten zu sein, der mich tief nach unten zieht. Zum Glück ist mein Verstand wach, so dass mir bewusst wird, ich muss etwas unternehmen, bevor ich zusammenbreche.

Februar 1999

Ich hasse den kalten grauen Winter. Wo ist die Sonne, wo ihre Wärme? Es gibt Tage, da geht es mir gut, und ich habe das Gefühl, es wird schon wieder. Aber schon einen Tag später ist alles vorbei. Tiefe Traurigkeit macht sich breit. Ich denke an alle möglichen Krankheiten, die sich hinter meinen Beschwerden verstecken könnten. Vielleicht sind es ja schon die Wechseljahre. Ich finde, das ist eine gute Erklärung. Also, nichts wie los und alle Bücher über Wechseljahre besorgen. Ich fahre in die Bücherei und nehme alles, was ich zu diesem Thema finden kann. Mein Denken und Handeln dreht sich nur noch um die Beschwerden. Sorgfältig lese ich die Bücher und fange auch sofort an, alle Ratschläge zu befolgen. Nichts lasse ich aus. Dort eine Fernsehsendung zu dem Thema, hier ein Zeitungsbericht. Ich sauge alles auf, was sich bietet, nur der gewünschte Erfolg bleibt aus. Vielleicht sind es ja doch nicht die Wechseljahre. Aber was dann? Keiner ist da, mit dem ich darüber reden kann. Ich fühle mich unendlich einsam inmitten meiner Familie und meiner Freunde. Wen soll ich damit auch belasten, jeder hat doch seine eigenen Probleme. Ich habe mir ein Tagebuch zugelegt. Immer, wenn es mir schlecht geht, schreibe ich meine Gedanken und Gefühle auf. Dann spüre ich Erleichterung.

Leider hält dieser Zustand nicht lange an. Mein Wissen über autogenes Training, das ich mir vor achtzehn Jahren schon einmal angeeignet habe, werde ich wieder ausgraben. Vor achtzehn Jahren gehörte es zu meiner ersten Therapie, der eine lange Krankheitsphase vorausging.

Kurze Zeit nach der Geburt meiner Tochter Julia 1978 begann diese schreckliche Krankheit, die mich bis heute begleitet. In der Praxis beim Kinderarzt wurde mir plötzlich schwindlig, ich hatte Angst zu sterben. Das Wartezimmer war sehr voll. Ich lief zur Schwester, drückte ihr das Kind in den Arm und stammelte vor mich hin, dass ich gleich umfallen würde. Sofort wurde ein Arzt geholt. Der konnte nichts feststellen. Da ich ein paar Tage zuvor eine Nierenbeckenentzündung hatte, führte er es darauf zurück und tat es als Schwächeanfall ab. Als ich auf dem Heimweg war, kam die nächste Panikattacke. Ich schob den Kinderwagen vor mir her und hatte Angst umzufallen. Da wir über einen Feldweg nach Hause mussten, war meine Sorge groß, dass mich und das Kind niemand finden würde. Voller Panik kehrte ich um und klingelte am ersten Haus, das ich erreichte. Ich bat die Frau, die mir öffnete, um ein Glas Wasser und erzählte von meinen Beschwerden. Sie bat uns sofort herein, rief meinen Mann an und kümmerte sich liebevoll um uns, bis Udo uns mit dem Auto abholte.

Von diesem Tag an kamen die Anfälle fast täglich, mein Hausarzt schickte mich zu den verschiedensten Fachärzten. Obwohl keiner der Ärzte etwas fand, war ich davon überzeugt, ich hätte eine unheilbare Krankheit, die man mir verschweigt. Ausgerechnet während dieser Zeit starb mein Lieblingsopa, zu dem ich immer einen ganz besonderen Draht hatte, kurz darauf mein Onkel und danach meine Oma. Ich war nicht einmal mehr fähig zu trauern, magerte auf 49 kg ab bei einer Größe von 1,75m. Den Haushalt und die beiden Kinder konnte ich kaum noch versorgen. Mein damaliger Hausarzt verschrieb mir Schlaftabletten für die Nacht und Aufputschmittel für den Tag. Ich vertraute ihm und verspürte auch bald eine Besserung der Beschwerden. Doch die hielt nicht lange an, ständig wurde die Medikamentendosis erhöht, bis gar nichts mehr ging. Als mein Hausarzt regelmäßig, zum Spritzen von Faustan, nach Hause kam und auch das nicht mehr half, kam ich ins Krankenhaus. Dort wurde ich weiter mit Faustan vollgepumpt, bekam tetanische Anfälle. Bei tetanischen Anfällen kommt es zur Verkrampfung der Muskulatur meist der Arme, der Beine und des Gesichts. Es besteht eine hohe Erregbarkeit der Nerven -Muskelübertragung. Dies kann verschiedene Ursachen haben. Bei mir wurden sie durch Hyperventilation ausgelöst, was ich damals allerdings noch nicht wusste.

Während eines solchen Anfalls war ich geistig voll da, konnte aber weder reagieren noch mich bewegen. Die Ärzte und Schwestern ließen mich links liegen, sagten, ich solle mich zusammenreißen, und mir ein Beispiel an den anderen Patienten nehmen, die wirklich krank sind. Ich habe mich geschämt und verstand die Welt nicht mehr. Es ging mir doch wirklich schlecht! Ich dämmerte von Tag zu Tag immer mehr vor mich hin, ohne Hoffnung auf Hilfe und mit der Angst, meine Kinder nie wieder zu sehen. Udo hatte durch seine Arbeit gute Beziehungen und schaffte es, den einzigen Nervenarzt der Stadt, der total überlastet war, noch am späten Abend ins Krankenhaus zu bringen. Er unterhielt sich eine Stunde mit mir. Von ihm hörte ich zum ersten Mal, dass ich psychisch krank sei und sofort in eine Spezialklinik müsste. Schon einen Tag später kam ich in die Nervenklinik nach Haldensleben. Eine Welt brach für mich zusammen.

Kommst du da jemals wieder raus? Was werden die Leute denken? Bin ich jetzt „verrückt"? Wird Udo bei mir bleiben? Nimmt man mir die Kinder weg? Werde ich für immer weggesperrt? Während der ganzen Fahrt in die Klinik schossen mir solche Gedanken durch den Kopf. In Haldensleben angekommen, brachte man mich in die Neurologische Abteilung.

Keine verschlossenen Türen, keine vergitterten Fenster, nichts von dem, was man sich landläufig von Nervenkliniken erzählt. Stattdessen eine ganz normale Krankenstation, sehr freundliche Schwestern und Ärzte. Mir fiel ein Stein vom Herzen, ich bekam neue Hoffnung.

Es wurden sofort alle Medikamente abgesetzt. Ich kam auf Entzug. Jeder, der es kennt, weiß, es ist die Hölle. Zittern, kalter Schweiß, Schlaflosigkeit, Schmerzen im ganzen Körper, Übelkeit und Unruhe in kaum zu übertreffendem Ausmaß, quälten mich. Nach dem Medikamentenentzug folgte die Schlafentzugstherapie. Den ganzen Tag, die ganze Nacht und den folgenden Tag musste ich mich immer in der Nähe der Schwestern aufhalten, durfte nicht in mein Bett. Am Abend des folgenden Tages war ich so fertig, dass ich sofort einschlief. Die Therapie hatte Erfolg. Es ging langsam wieder aufwärts. Die Sehnsucht nach meinen Kindern ließ mich alles aushalten. Nach sechs Wochen wurde ich aus der Klinik entlassen und für eine stationäre Psychotherapie in Haldensleben angemeldet. Trotz des Dringlichkeitsvermerks musste ich noch über ein Jahr warten. Während dieser Zeit erklärte sich mein Psychiater Dr. H. bereit, mich privat zu behandeln. Einmal im Monat fuhr Udo mich abends in sein Haus, wo er Privatsprechstunden abhielt.

Das Wartezimmer war so voll wie tagsüber in seiner staatlichen Praxis. Ich frage mich, wann der Mann geschlafen hat. Die Ängste und Panikattacken waren nach wie vor präsent. Ich kann mich nicht erinnern, dass während der ganzen Zeit einmal die Diagnose Depression gefallen ist. Entweder habe ich es verdrängt oder in der DDR tat man sich schwer mit dieser Diagnose.

Es war stets die Rede von psychosomatischen Störungen.

Acht Wochen vor Weihnachten begann ich eine Psychotherapie in Haldensleben. Ich machte alles mit, was man von mir verlangte, ohne zu verstehen wieso, weshalb und warum. Ein Therapeut sagte mir: „Sie sind nicht krank, sie kommen nur nicht mit ihrer Umwelt zurecht." Das verstand ich überhaupt nicht. „Stellen Sie sich ihren Ängsten." Damals war ich beleidigt und empfand die Therapie als Schikane. Ich schwor mir, egal was passiert, hier gehst du nie wieder hin. Halte die Beschwerden solange durch, bis deine Kinder selbständig sind, dann ist es egal, was mit dir passiert. Was für eine Dummheit, aber ich wusste es damals nicht besser. Und so vergingen die Jahre, in denen ich mit meinen Ängsten einen Pakt schloss. Mal hatte ich und mal hatten sie die Macht. Ich vermied alle angstmachenden Situationen, soweit es ging. In regelmäßigen Abständen von fast immer genau zwei Jahren erkrankte ich wieder so schwer, dass ich ins Krankenhaus musste.

Ich hatte Nierenbeckenentzündungen, eine Gallen-OP, eine Mandel-OP, Herzrhythmusstörungen, einen Kreislaufkollaps, Probleme mit der Bauchspeicheldrüse, Gebärmutterentzündungen, einen Bandscheibenvorfall, unerklärliche Durchfälle und Magenkrämpfe, und einiges mehr.

Immer wieder schluckte ich neue Medikamente gegen die verschiedenen Beschwerden, aber mein Hauptleiden blieb bis heute. Ich war fest der Meinung, ich muss bis zu meinem Lebensende damit fertig werden. Hatte man mir doch in Haldensleben gesagt, ich wäre nicht krank, hätte „nur" eine psychosomatische Störung.

Ich habe mich mit meinen Ängsten arrangiert, aber nun brechen sie aus unserer gleichberechtigten Partnerschaft aus und ich versuche, mich an Sachen zu erinnern, welche ich damals in der Therapie gelernt habe.

Warum nur besinnt man sich erst darauf, wenn es einem schlecht geht? Erst dann nimmt man sich die Zeit und führt dieses Training wieder regelmäßig durch.

Eine neue Arbeit ist nicht in Sicht. Außerdem glaube ich, dass ich im Moment keine Kraft habe, um eine neue Arbeit zu beginnen. Meine Kraft benötige ich, um mit den einfachsten und normalsten Dingen im Alltag zu Recht zu kommen. Waschen, Putzen, Kochen, Einkaufen, ich kriege das kaum noch auf die Reihe.

Dies habe ich sonst alles nebenbei gemacht, neben meiner täglichen Arbeit im Beruf. Ich habe Angst vor einem Neuanfang. Bin ich schon zu alt? Oder zu krank? Mein Selbstbewusstsein ist auf dem Nullpunkt. Ich habe nur Sehnsucht nach innerer Ruhe und menschlicher Wärme.

Die Bücher über Wechseljahre habe ich in die Bücherei zurückgebracht. Dafür habe ich alles über positives Denken, über Entspannungsübungen und Naturheilkunde ausgeliehen. Jetzt ist mein Tag ausgefüllt mit dem Studium dieser Bücher und dem Besorgen der Tees, Tropfen und Kapseln, die empfohlen werden. Eigentlich kann ich mir das finanziell nicht leisten, aber lieber verzichte ich auf etwas anderes, wenn es mir dadurch nur bald wieder besser geht.

Alle Bemühung ist umsonst, das Chaos in meinen Gefühlen wächst. Manchmal kommt es mir so vor, als werde ich im nächsten Augenblick verrückt. Ein Gefühl, das man mit Worten nicht beschreiben kann.

März 1999

Von Tag zu Tag geht es mir schlechter. Mein Magen spielt verrückt. Das tägliche Erwachen beginnt jetzt mit starkem Brechreiz. Ich glaube, ein Arztbesuch lässt sich nicht vermeiden. Mein Hausarzt, Dr. K., hat mich gründlich untersucht. EKG und Laborwerte, alles in Ordnung.

Wegen meines Magens hat er mir eine Überweisung zum Internisten gegeben. Seitdem geht es mir noch schlechter. Vielleicht Magenkrebs ? Ein Gedanke, der mir meine letzte Kraft raubt. Wie soll ich das alles schaffen? Gerade jetzt muss ich zum Arbeitsamt. Ich habe Angst, dass mich die Panik wieder übermannt, Angst vor einer Rechtfertigung, warum ich noch keine neue Arbeit gefunden habe, Angst zu versagen.

Seit Wochen schlucke ich schon Johanniskrautkapseln, von der versprochenen Wirkung nicht die geringste Spur.

Der Tag der Untersuchung beim Internisten ist da. Wie jeden Morgen beginnt er mit Brechreiz. Mit nüchternem Magen mache ich mich auf den Weg. Mir ist schwindlig und ich fühle mich schwach. Das Autofahren ist eine riesige Herausforderung für mich, aber anders ist der Arzt nicht zu erreichen. Meine Familie ist längst zur Arbeit. Sie wissen nicht, wie schwer es mir fällt.

Vor der Praxis werden meine Knie weich, nur nicht hier draußen umfallen, wenn schon, dann in der Praxis, dort findet dich jemand. Dies sind meine Gedanken. Wie in Trance melde ich mich an der Rezeption und setze mich ins Wartezimmer. Zum Glück ist es nicht voll und umgefallen bin ich auch noch nicht. Doch nach zirka zehn Minuten kommt sie wieder, diese schreckliche Angst. Panik überfällt mich. Ich springe auf und würde am liebsten fortlaufen. Ich laufe im Wartezimmer umher, nur nicht stehen bleiben, dann spüre ich die Angst noch stärker. Innere Unruhe treibt mich an und wieder drehen sich alle Gedanken im Kreis.

Was, wenn du jetzt umfällst? Was, wenn du jetzt verrückt wirst? Was, wenn das Herz jetzt stehen bleibt? Eine Hitzewelle steigt vom Magen in den Kopf. Mir wird schwindlig und übel. Alle Geräusche entfernen sich, mein Herzschlag übertönt sie. Meine Hände zittern und in den Beinen habe ich das Gefühl einer Lähmung. Endlich werde ich aufgerufen.

Vollkommen erschöpft lege ich mich auf die Liege und der Arzt beginnt mit der Ultraschalluntersuchung. Das erste Ergebnis lautet: Keine krankhaften Veränderungen. Die Lunge wird noch geröntgt, auch die ist in Ordnung. Statt Freude macht sich Enttäuschung breit.

Ein Magen-, Leber- oder Lungenleiden hätte endlich die Erklärung für meine Beschwerden gebracht, jeder hätte das verstanden, aber so?

Alles nur Einbildung? Wie soll ich das meiner Familie erklären? Ein unbeschreibliches Gefühl aus Scham und Verzweiflung erfüllt mich. Der Arzt rät mir zur Sicherheit noch zu einer Magenspiegelung. Ich lasse mir einen Termin geben, obwohl ich weiß, dass ich nicht noch einmal dorthin gehen werde. Aus Angst vor der Angst.

Einige Tage später, ich habe mich gerade vom Arztbesuch erholt, folgt der Gang zum Arbeitsamt. Das gleiche Spiel nur eine andere Bühne. Mit zittrigen Beinen ziehe ich meine Nummer und setze mich in die Wartezone. Noch zwanzig Leute sind vor mir dran, wie soll ich das überstehen. Kaum ist dieser Gedanke zu Ende gedacht, folgen schon die Symptome. Brechreiz, Schwindel, Herzrasen usw. Ich greife meine Jacke und verlasse fluchtartig das Gebäude. Was nun? Wenn du das heute nicht schaffst, bekommst du das Arbeitslosengeld gestrichen. Was wird dann? Was wird deine Familie sagen?

Du bist verantwortlich! Du bist schuld! Du musst das schaffen! Die Tränen laufen mir übers Gesicht und ich flüchte mich einfach zu meinen Eltern.

Dort beschwere ich mich über die Zustände beim Arbeitsamt, dass es voll ist, dass man lange warten muss, dass die Luft dort so schlecht ist, dass es einem übel davon wird. Prompt erhalte ich ihr Verständnis und fühle mich etwas besser.

Aber alles Barmen hilft nicht, ich muss zum Arbeitsamt.

Nach einer Stunde mache ich mich erneut auf den Weg. Schon im Treppenhaus überfällt mich Panik, trotzdem gehe ich weiter.

Zum Glück ist es nicht mehr voll, nur noch eine Frau ist vor mir dran. Ich laufe wieder im Flur auf und ab, um der Panik davon zu laufen. Ein Trugschluss. Endlich leuchtet meine Nummer auf. Das Gespräch verläuft wie immer. „Keine Arbeit, für ABM nicht lange genug arbeitslos und eine Umschulung schon gehabt. Kommen Sie in drei Monaten wieder." Gesprächsdauer fünf Minuten. Geschafft!!! Drei Monate Zeit bis zum nächsten Besuch, bis dahin muss ich die Angst besiegen. Dass ich vorher eine Arbeit finde, daran denke ich mit keinem Gedanken. Trotz all meiner Bemühungen geht es mir immer schlechter. Jeden Tag kämpfe ich wie eine Löwin gegen meine Beschwerden an. Abends, wenn es mir immer etwas besser geht, habe ich viele Pläne und Träume, aber am nächsten Morgen platzen sie wie Seifenblasen.

Abends gehe ich jetzt später ins Bett, weil es mir da gut geht und ich die Zeit so lange wie möglich genießen möchte. Außerdem denke ich, wenn du jetzt ins Bett gehst, ist es bald morgen und das gleiche Dilemma geht von vorne los. Ein Teufelskreis! Ich bin mir zur Zeit nicht sicher, ob ich es ohne fremde Hilfe schaffen kann.

Aus meinem Tagebuch:

22.März 1999

Es kann nicht so weiter gehen. Meine Ängste steigern sich immer mehr und ich ziehe mich weiter zurück. Für alles muss ich mir Notlügen einfallen lassen, um den anderen nicht die Wahrheit zu sagen, wie schlecht es mir wirklich geht. Ich bin überzeugt, es würde keiner verstehen. Seit Freitag ist mir klar, dass ich am Dienstag nicht zur Magenspiegelung gehen werde und genau so lange geht es mir schon wieder schlecht und ich grübele. Ich kann keinen anderen Gedanken mehr fassen und habe mindestens schon zehn Ausreden parat, warum ich den Termin nicht wahrnehmen kann. Andererseits schäme ich mich gegenüber Dr. K., weil der ja auf den Befund wartet, was soll ich ihm sagen? Was soll ich nur machen? Ich würde gerne gehen, wenn nur diese Angst vor der Angst nicht wäre.

All die täglichen Lügen habe ich satt, aber mit wem soll ich darüber sprechen? Die Zeit ist reif, dass ich mir einen guten Psychologen suche und mit ihm über alles rede. Ich dachte, ich schaffe es allein, das war ein Irrtum. Wieder geht mir der Arzttermin durch den Kopf. Wie mache ich es bloß richtig? Soeben habe ich den Termin abgesagt, die Angst hat wieder einmal gesiegt. Jetzt muss ich dies Dr. K. erklären, aber wie? Ich bekomme wieder diese dummen Schuldgefühle und werde mich ewig fragen, ob mit meinem Magen vielleicht doch etwas nicht stimmt. Irgendwann erhalte ich eine neue Überweisung und das ganze Spiel geht von vorne los.

29.März 1999

Heute wird meine Tochter Julia einundzwanzig Jahre alt. Ein wunderbares Alter. Alle freuen sich, aber mir geht es verdammt schlecht. Die letzte Woche ist vergangen wie im Flug, sie hat mir, bis auf eine Stunde Gartenarbeit, keine Freude gebracht. Ich empfinde alles als Belastung. Diese Woche muss ich unbedingt noch zu Dr. K. und mir schnellstens eine Überweisung zum Psychologen holen, so kann es nicht weitergehen. Ich merke deutlich, wie ich immer mehr Aktivitäten einstelle, und bin dagegen machtlos. Vom Kopf her ist mir klar, was ich zu tun habe, aber mein Körper spielt einfach nicht mit.

Als ich Julia heute vom Bahnhof abholen wollte, hatte ich ein Erlebnis, das mir gezeigt hat, bis hier her und nicht weiter.

Jetzt ist Schluss! Ich stand vor dem Bahnhof und habe auf den Zug gewartet, plötzlich bekam ich Herzrasen, Panik und mir wurde übel. Ich lief zurück zum Auto mit dem Gedanken, nur weg hier. Im Auto hatte ich wieder einen klaren Moment. Du kannst nicht einfach abhauen, Julia verlässt sich auf dich. Wo bleibt dieser verdammte Zug? Schritt für Schritt gehe ich wieder in Richtung Bahnhof. Plötzlich habe ich ein Gefühl, das ich noch nie zuvor in meinem Leben hatte. Alles war mir fremd. Ich fragte mich, was machst du hier, warum stehst du hier und wo bist du hier? Julia steht auf einmal vor mir und fragt mich, was mit mir los ist. Mein Entschluss steht fest. Morgen gehe ich zu Dr. K. und erzähle alles. Nicht nur von meinen körperlichen Beschwerden, sondern auch von meinen Ängsten, der Panik und den ständigen Notlügen, die ich mir seit Jahren ausdenke.

Wer schon einmal mit einer psychischen Krankheit leben musste, weiß, was ich meine. Meine Umwelt brachte mich zum Lügen, obwohl ich lieber die Wahrheit gesagt hätte. Wie sollte ich umgehen mit einer Krankheit, die man mir nicht ansehen kann. Menschen glauben nur das, was sie sehen oder sehen wollen. Ich war dünn und sehr blass, na, und das waren viele. Wenn es mir schlecht ging, blieb mir nichts weiter übrig als zu lügen. Das war für mich die einfachste Lösung. Alles, was mir Angst machte, wurde gemieden.

Essen mit Freunden zum Beispiel scheiterte immer daran, dass ich angeblich andere wichtige Verpflichtungen hatte. Irgendwann wird man nicht mehr eingeladen. Ich hatte ein Problem weniger, aber besser ging es mir dadurch nicht. Arztbesuche oder Elternversammlungen in der Schule waren ein Horror.

Davor konnte ich mich nicht drücken. Ich versuchte es unter großen Qualen durchzustehen, das gelang mir nicht immer. Waren die Panikattacken stärker, musste ich mir spontane Lügen einfallen lassen, um der Panik zu entkommen. Meist schob ich ein körperliches Gebrechen vor, Magenkrämpfe, Gallenkolik, Nierenschmerzen usw., dafür hatte jeder Verständnis. Schuldgefühle und körperliche Erschöpfung machten mir zu schaffen. Ich lebte stets mit dem Bewusstsein nach der Angst ist vor der Angst.

Jetzt ist mir egal, was man von mir denken wird. Nach diesem Erlebnis heute habe ich Angst vor mir selbst. Vielleicht tue ich ja irgendwas und kriege es nicht mehr richtig mit. So etwas darf einfach nicht wieder passieren.

30. März 1999

Jetzt ist es raus! Ich habe eine Depression!!!

Gestern Nachmittag war ich bei Dr. K. Wir haben lange miteinander geredet. Dann hat er mir bestätigt, was ich längst geahnt habe, nur nicht wahr haben wollte.

DEPRESSION

Er hat mir vorgeschlagen sofort mit der Einnahme eines Medikamentes zu beginnen. Das habe ich abgelehnt aus Angst vor einer Abhängigkeit von diesem Medikament.

Seit meiner Medikamentenabhängigkeit und den danach durchgestandenen Entzug in Haldensleben, stehe ich heute Medikamenten skeptisch gegenüber. Ein Trauma. Die Erfahrungen mit dem Entzug möchte ich nicht noch einmal erleben. Bevor ich ein Medikament nehme, kostet es jeden behandelnden Arzt eine große Überzeugungsarbeit. Im Laufe der Jahre habe ich mich darum auch mit der Naturheilkunde vertraut gemacht. Baue in meinem Garten viele Heilkräuter an. Meine Familie spottet oft darüber, aber bei Krankheiten fragen sie dann doch um Rat. Ich habe solche Angst vor einer Medikamentenabhängigkeit, dass ich nicht einmal eine Kopfschmerztablette nehme.

Ich habe geglaubt, wenn ich mir eine Überweisung zum Psychologen geholt habe, geht es mir besser. Aber das ist nicht der Fall. Es geht mir heute so schlecht wie noch nie. Obwohl ich es eigentlich wusste, wollte ich es nicht wahr haben. Für mich war es alles andere als eine Depression.

Es waren Kreislaufprobleme, es war Wetterfühligkeit, es waren die Wechseljahre und die üblichen Panikattacken, aber eine Depression? Ich doch nicht. Der Gedanke geht mir nicht aus dem Kopf. Werde ich mich je daran gewöhnen? Wenn ich das alles erst richtig verstehe, geht es dann vielleicht wieder bergauf?

Heute scheint wunderschön die Sonne und ich bin nur am Heulen. Meinen Plan, den ich mir heute früh aufgestellt habe, konnte ich nicht einhalten. Das mit dem Tagesplan soll bei der Überwindung von Depressionen helfen, habe ich in einem meiner schlauen Bücher gelesen. Also werde ich mir jetzt jeden Tag einen Plan machen.

April 1999

Es ist der 1.April. Mitten in der Nacht um vier Uhr werde ich wach, ich habe Herzrasen und unsagbare Angst. Leise stehe ich auf in der Hoffnung, dass dann gleich alles vorbei ist. Aber so ist es nicht. Wie ein gehetztes Tier laufe ich voller Unruhe im Haus hin und her. Natürlich bleibt das Udo nicht verborgen. Als er mich fragt was los sei, bin ich vollkommen am Ende. Ich kann nur sagen, dass ich Angst habe und sonst nichts weiter, denn plötzlich habe ich das Gefühl, im nächsten Augenblick wird etwas Schreckliches passieren. Ich kann nicht sagen, was. Das Gefühl ist übermächtig. Udo nimmt mich in den Arm und versucht mich zu beruhigen, doch die tröstenden Worte nehme ich nicht richtig auf. Um mich herum erscheint mir alles fremd. Was passiert mit mir, ist es so, wenn man verrückt wird? Einzig Udos Nähe empfinde ich beruhigend. Nach zirka einer halben Stunde legt sich die Angst und ich lege mich auf die Couch. Aber kaum hat Udo das Licht gelöscht, kommt sie zurück. Ich zwinge mich liegen zu bleiben, denn ich möchte nicht noch einmal seine Nachtruhe stören. Plötzlich fangen meine Arme und Beine an zu kribbeln, als würden tausend Ameisen über mich herfallen. Was ist das jetzt wieder, was passiert mit mir? Ein Gefühl, als würde mein Körper sich gleich auflösen.

Im nächsten Moment überfällt mich eine Todesangst.

Ich weiß nicht mehr, wie es weitergehen wird, der Tag beginnt für meine Familie wie immer.

Nur ich sitze auf der Couch und sehe unbeteiligt zu. Immer wieder versichere ich, dass es mir schon besser geht, dabei habe ich Angst vor dem Alleinsein. Als meine Familie das Haus verlässt, überfällt mich die nächste Attacke. Die Ameisen kommen zurück und ich habe das Gefühl, meine Gliedmaßen gehören nicht zu mir, denn sie gehorchen mir nicht. Ich versuche ruhig zu bleiben und überlege, wie ich den Tag bis zur Rückkehr meiner Familie überstehe. Dabei laufe ich ziellos und zitterig im Haus hin und her. Wenn ich mich setze, habe ich das Gefühl, alles wird noch schlimmer. Mein Verstand sagt mir, du musst, aber mein Körper versteht diese Sprache nicht mehr. Jetzt ist Schluss, schießt es mir durch den Kopf. So kann und so will ich nicht weiterleben. Aus Angst, dass sich mein Zustand noch weiter verschlechtert und ich nicht mehr weiß, was ich tue, entschließe ich mich sofort, einen Therapeuten anzurufen. Aus dem Telefonbuch suche ich mir einige Nummern heraus. Schon beim ersten Anruf überfällt mich Panik. Das Warten auf die Stimme am anderen Ende kommt mir wie eine Ewigkeit vor. Ich befürchte vorher ohnmächtig zu werden. Endlich meldet sich am anderen Ende der Leitung der Therapeut.

Ich erzähle mit tränenerstickter Stimme von meinem Elend und bitte um schnelle Hilfe. Der früheste Termin, den ich bekommen kann, ist der 5. Mai. Ich stimme zu. Nach dem Telefonat fällt mir ein, dass ich etwas essen müsste, aber auch das gelingt mir nicht. Zwei Stunden brauche ich für ein trockenes Brötchen und eine Tasse Pfefferminztee. Dann bin ich erschöpft und will nur noch schlafen, aber ich komme nicht zur Ruhe. Ich weiß nicht wo die Stunden geblieben sind aber plötzlich ist es Nachmittag und Julia kommt nach Hause. Ich sitze noch immer dort, wo sie mich schon am Morgen hat sitzen sehen. Scham überfällt mich und ich suche nach Entschuldigungen. Julia ist so geschockt, dass sie mich energisch mit den Worten „Jetzt reicht es!" an die Hand nimmt und zum Arzt fährt. Wie ein kleines Kind lasse ich alles mit mir geschehen. Ich bin ihr unendlich dankbar dafür, denn das war der erste Schritt auf dem Weg meiner Genesung. Dr. K. verschreibt mir sofort das Medikament, welches ich beim letzten Besuch aus Angst vor einer Abhängigkeit noch abgelehnt hatte. Jetzt ist mir alles egal. Es geht mir so schlecht, dass ich sogar eine Abhängigkeit in Kauf nehmen würde. Mit dem Rezept erhalte ich auch noch eine Arbeitsunfähigkeitsbescheinigung. Damit ist der Druck der ständigen Arbeitssuche von mir genommen. Noch am gleichen Abend beginne ich mit der Einnahme des Medikamentes Aponal 25.

In der Hoffnung, dass nun das Schlimmste überstanden ist und alles besser wird, schlafe ich am Abend ein. Schon in dieser Nacht wiederholt sich das gleiche Spiel wie in der vergangenen. Morgens nehme ich daraufhin mein Aponal. Statt einer Verbesserung meiner Beschwerden erlebe ich zusätzliche Nebenwirkungen.

Herzrasen, Abgeschlagenheit, Müdigkeit und Schwindel begleiten mich über den Tag. Der Beipackzettel verrät mir, dass das Medikament frühestens nach zwei Wochen seine Wirkung zeigt. Mein Zustand ist inzwischen so, dass ich das Haus nicht mehr verlassen kann. Ich komme maximal bis zum Hoftor. Spätestens dort setzen das Herzrasen und der Schwindel ein. Nicht einmal Einkaufen im einhundert Meter entfernten Lebensmittelladen ist noch drin. Mit jedem Tag der beginnt, kotze ich mir im wahrsten Sinne des Wortes die Seele aus dem Leib. Sowie ich meine Augen aufschlage, beginnt der Brechreiz. Meine Familie hat sich darauf eingestellt, indem sie mir den Weg vom Schlafzimmer zum Bad freihält. Der Brechreiz steigert sich so weit, dass ich das Gefühl habe, meine Augen fallen aus dem Kopf. Mein Körper schmerzt. Im Laufe des Vormittags wiederholt sich diese Prozedur noch einige Male. Danach bin ich erschöpft und brauche ewig, um wenigstens etwas Kraft zu sammeln.

Der Rest des Tages verläuft immer gleich. Kleinere Haus- und Gartenarbeiten und zwischendurch nur Sitzen. Sehr viel Zeit brauche ich für meine Mahlzeiten, bei denen ich mich immer zum Essen zwingen muss. Ich habe schon einige Kilo abgenommen. Das merke ich an meiner Kleidung und an den Knochen, die überall aus meinem Körper herausragen. Das ist bei meinem ohnehin schon niedrigen Gewicht nicht gut und ich mache mir darüber noch zusätzlich Sorgen.

Schon als Kind war ich sehr dünn. Ständig versuchte man mich aufzupäppeln, ohne Erfolg. Noch heute wird mir bei dem Gedanken an Lebertran übel. Jeden Tag musste ich ihn unter Aufsicht nehmen, jahrelang. Danach schmeckte mir gar nichts mehr. Und immer diese ewigen Ermahnungen: „Du musst essen!" Ich hasste es. Lieber hätte ich nur getrunken, aber damals hieß es, beim Essen wird nicht getrunken. Heute habe ich das Problem, dass ich zu wenig trinke. Ich kann mich gut erinnern, wenn es Fleisch gab, habe ich es immer meinem Bruder zugeschoben. Zu seiner Freude und zum Ärger meiner Eltern. Bereits mit acht Jahren wurde ich das erste Mal zur Kur geschickt. Weit weg von zu Hause, alleine unter vielen fremden Kindern. Telefonieren ging nicht, ab und zu kam ein Brief oder eine Karte von zu Haus. Starkes Heimweh förderte nicht gerade meinen Appetit. So saß ich oft als letzte am Tisch, während die anderen Kinder längst spielten.

„Du bleibst solange sitzen, bist du aufgegessen hast." Was hat man Kindern damals bloß angetan? Im Bett weinte ich heimlich jede Nacht. Das Ergebnis war eine Gewichtsabnahme, statt einer Zunahme. Mission missglückt.

Trotzdem wurde ich 3 Jahre später erneut verschickt. Anderer Ort, das gleiche Resultat. „Du musst essen", hat sich tief in mein Unterbewusstsein eingebrannt. Die folgenden Nächte sind kurz und die Tage nicht sehr erlebnisreich. Ich erinnere mich an ein Buch, welches ich mir vor ein paar Wochen gekauft habe. In diesem Buch stehen viele Ratschläge zum Umgang mit der Depression. Ich versuche heraus zu finden, welcher Tipp mir im Moment helfen würde und ich entschließe mich, noch einmal, für das Anlegen eines Tagesplanes. Nachdem ich beim ersten Mal nur drei Tage durchgehalten habe, will ich es diesmal schaffen. Jeden Abend plane ich auf die Stunde genau, was ich am nächsten Tag machen werde und halte dies in einem eigens dafür angelegten Heft fest. Mehrmals am Tag mache ich meine Zeichen dahinter, ob erfüllt oder nicht erfüllt und ob mir die eine oder andere Tätigkeit sogar Spaß gemacht hat. Bei der Aufstellung des Planes achte ich darauf, dass Tätigkeiten, die ich gerne mache, nicht zu kurz kommen. Wenn ich auch ein schlechtes Gewissen habe, weil ich nun Zeit nur für mich beanspruche, weiche ich nicht vom System ab.

Es kostet mich oft sehr viel Kraft, alles abzuarbeiten. Was früher einfach für mich war oder im Selbstlauf erfolgte, ist jetzt eine große Herausforderung für mich.

Dr. K. betreut mich hervorragend. Bis der erste Termin beim Therapeuten ansteht, hat er die Versorgung meiner Psyche übernommen. Die Gespräche mit ihm helfen mir sehr. Er ist sehr einfühlsam und nimmt sich Zeit, wenn ich ihn brauche. Aus Erfahrung weiß ich, dass das für einen praktischen Arzt nicht selbstverständlich ist, denn für lange Gespräche bekommt er kein Geld. Ich habe großes Glück mit ihm. Jetzt, wo ich nur noch selten aus dem Haus komme, versuche ich alles, um wieder „normal" zu werden. Ich versuche es mit Sport, denn ich habe gehört und gelesen, dass der bei Depressionen sehr hilfreich ist. Wenn meine Familie aus dem Haus ist, ziehe ich mir die Sportsachen an und gehe auf den Hof. Ich versuche vom Hoftor zur Werkstatt zu joggen, immer hin und zurück. Dabei setze ich mir ein Ziel, das ich von nun an jeden Tag steigern will. Aber es ist qualvoll wie vieles. Schon in der zweiten Runde dreht sich mir wieder der Magen um. Mir ist schwindlig, alles dreht sich, aber ich laufe weiter. Eigentlich schleiche dahin.

Doch ich rede mir immer wieder ein, dass ich nicht eher aufhöre, bis ich meine Zielvorgabe erreicht habe und wenn ich dabei umfalle. Laufen, würgen, laufen, würgen, irgendwann, so etwa in der achten Runde, geht es mir etwas besser. Wieder habe ich eine Schlacht gewonnen.

Mai 1999

Langsam geht es mir etwas besser. Durch das Medikament und Dank meiner Selbsthilfetricks gelingt es mir, für kurze Zeit das Haus zu verlassen und am täglichen Leben teilzunehmen. Ich kann sogar wieder Auto fahren. Im Auto fühle ich mich sicherer als auf dem Fahrrad oder zu Fuß. Probleme bekomme ich nur, wenn ich einige Zeit an der Ampel oder im Stau stehe. Aber auch dafür habe ich meine Tricks. Ich lenke mich einfach ab, indem ich von 999 beginnend, laut rückwärts zähle, oder ich zähle Fenster, Bäume und Laternen. Das klappt gut und immer besser. Auf ein kleines Stück Pappe habe ich die Worte

„ICH SCHAFFE ES"

in leuchtenden Buchstaben geschrieben. Dieses Hilfsmittel begleitet mich immer. Es liegt im Auto auf dem Armaturenbrett und steckt beim Einkauf in meiner Tasche. Bei jeder Berührung mit der Karte sehe ich sofort den Satz vor meinem inneren Auge. Früher hätte ich über so etwas allenfalls gelacht. Heute weiß ich, es funktioniert und nur das zählt. Voller Ungeduld erwarte ich den Termin beim Psychologen.

Endlich 5. Mai. Pünktlich um 18.00 Uhr sitze ich im Wartezimmer des Therapeuten Herrn S. Was erwartet mich hier? Ich habe keine Vorstellung, was hier mit mir passieren wird. Angst macht sich wieder breit und Zweifel, ob ich hier richtig bin, stellen sich ein. Zum Glück muss ich nicht lange warten und werde schnell hereingerufen. Herr S. stellt sich vor und bittet mich Platz zu nehmen. Ich bin erleichtert. Entgegen meinen Erwartungen finde ich keine berühmt berüchtigte Ledercouch vor. Statt dessen ein normales Büro. Ringsherum an den Wänden hängen Zeichnungen, doch dafür habe ich im Moment keinen Nerv. Bevor ich überhaupt zu Wort komme, müssen die Formalitäten erledigt werden. Also, Überweisung und Chipkarte auf den Tisch. Ein Antragsformular zur Kostenübernahme der Krankenkasse muss noch ausgefüllt werden. Dazu ist auch ein Gutachten bzw. eine Behandlungsbefürwortung eines Neurologen erforderlich. Zum Glück kann ich das nachreichen. Dann endlich werde ich nach meinem Problem gefragt. Ich zähle alle meine Beschwerden auf in der Hoffnung, dass mir nun endlich geholfen wird. Probleme habe ich eigentlich nicht, mir geht es einfach schlecht. Herr S. fragt nach Vorerkrankungen und Erkrankungen in der Familie und schon ist die erste Therapiesitzung zu Ende. Er teilt mir mit, dass aufgrund meines Zustandes keine Schwierigkeiten seitens der Krankenkasse in Bezug auf die Kostenübernahme zu erwarten sind, und gibt mir daraufhin kurzfristig den nächsten Termin. Auf dem Heimweg stelle ich mir die Frage: „War das alles?" Kein Ratschlag, keine Verhaltensregeln, nichts. Doch vorerst bin ich froh, dass ich den Termin ohne Komplikationen überstanden habe. Der nächste Termin ist genau in einer Woche.

Gleich am nächsten Tag hole ich mir von Dr. K. eine Überweisung für den Neurologen. Danach bemühe ich mich sofort um einen Termin. Auch hier erhalte ich als erstes die Antwort, „Wir sind vollkommen ausgebucht. Der früheste Termin ist der 8. Juni." Ich bin enttäuscht. Was soll ich machen, ich stimme zu, bin ja darauf angewiesen. Der zweite Termin bei Herrn S. rückt näher. Obwohl ich einerseits froh bin, kommen auf der anderen Seite Zweifel auf. Was soll ich bei einem Therapeuten, ich bin doch geistig vollkommen normal, ich habe nur körperliche Beschwerden und auch die haben sich durch die Einnahme des Medikamentes schon gebessert. Wenn ich die Medikamente lange genug nehme und mich etwas erhole, wird das reichen. Warum also zum Therapeuten? Dann wiederum erinnere ich mich, dass mir vor 18 Jahren auch eine Therapie geholfen hat obwohl ich damals nichts verstand. Wieder hole ich mir Literatur, dieses Mal über Psychotherapien. Meine Neugier auf die Krankheit „Depression" wird immer größer.

Ich verbringe öfter mal einen Abend im Internet, anstatt vor dem Fernseher.

Dabei verfolge ich nur eine Spur, ich will alles finden, was mir bei der Bewältigung meiner Depression helfen kann. Je mehr ich mich mit der Krankheit beschäftige, umso mehr kann ich sie annehmen. Es gibt Tage, da sage ich mir, die Krankheit gehört zu dir, ich werde lernen müssen damit umzugehen, wenn ich nicht den Rest meiner Tage dahindämmern will. Eigenartiger Weise kommt mir nicht einmal der Gedanke, dass ich die Krankheit jemals richtig besiegen kann. Vielleicht hängt es damit zusammen, dass ich mich schon seit zwanzig Jahren mit einigen Beschwerden abgefunden habe. Mit der häufigen Übelkeit, dem Schwindel, den Durchfällen, den Magenbeschwerden, den Rückenschmerzen und den vielen anderen Unpässlichkeiten.

12. Mai 1999 - heute ist meine erste „richtige" Therapiestunde. Ich bin unheimlich aufgeregt. Eine Stunde vorher bekomme ich meine üblichen Angstzustände. Zum Glück sind diese durch das Medikament nicht mehr so heftig. Auch meine

„ICH SCHAFFE ES"

Karte ist wieder sehr hilfreich. Die fünf Minuten im Wartezimmer kommen mir vor wie eine Ewigkeit. Hoffnung und Zweifel wechseln sich ab. Dann werde ich endlich aufgerufen. Ich nehme gegenüber Herrn S. Platz und schaue ihn an.

Vielleicht fünfzehn Sekunden, die mir vorkommen, als sind es Stunden. Ich warte, dass er mir sagt, was ich tun soll. Er kennt doch meine Beschwerden. Am liebsten würde ich im Boden versinken. Es ist mir alles peinlich.

Herr S. fordert mich auf zu erzählen, was ich für Probleme habe. Mit Tränen in den Augen und Zittern in der Stimme schildere ich nochmals meine Beschwerden von ihrer schlimmsten Seite, um meiner Situation Nachdruck zu verleihen. Dann warte ich auf einen Ratschlag seinerseits. Doch in dieser Richtung kommt nichts. Stattdessen stellt er mir die Frage, ob ich mir vorstellen könne, was diese Beschwerden auslöst? Wenn ich das wüsste, brauchte ich keinen Therapeuten, ist mein nächster Gedanke, aber ich spreche ihn nicht aus, schüttele nur mit dem Kopf. Nach mehrmaligem Auffordern seinerseits doch mal zu überlegen, was mir zurzeit in meinem Leben nicht gefällt, kommt ein zaghaftes „Vielleicht könnte es ja sein, dass ich überarbeitet bin." Und plötzlich brechen die letzten Monate und Jahre in einem Redeschwall aus mir heraus. Ich könnte noch so viel erzählen, aber die Therapiesitzung ist vorbei.

Neuer Termin, auf Wiedersehen. Ich bin völlig verwirrt über den Ablauf der Sitzung und frage mich, ob es überhaupt Zweck hat, dass ich noch einmal dorthin gehe. Trotz der Zweifel habe ich aber auch ein Gefühl der Erleichterung. Es hat mir gut getan, mir vieles von der Seele zu reden.

Ein plötzlicher Unfall meiner Tochter Julia bringt meinen einigermaßen stabilen Zustand aus dem Gleichgewicht. Sie ist im Studieninstitut die Treppe heruntergefallen. Sofort fahre ich mit ihr ins Krankenhaus. Diagnose: Bänderanriss. Das bedeutet Gips. Jeden zweiten Tag muss sie ins Krankenhaus gefahren werden zur Blutkontrolle. Da Udo und mein Sohn Tom zur Arbeit müssen, bleibt diese Aufgabe wieder an mir hängen. Normalerweise keine große Sache, ich fühle mich ihr im Moment nur nicht gewachsen. Julia braucht mich und so heißt es wieder einmal: du musst dich zusammenreißen. Wie kann ich helfen, wenn ich selber hilflos bin?

Ich mache mir Sorgen um Julia, denn sie steht kurz vor der Abschlussprüfung. Kann sie an der Prüfung teilnehmen? Muss sie die Lehrzeit verlängern? Was wird, wenn eine Behinderung zurück bleibt? Alle diese Fragen, die im Moment real gesehen nicht relevant sind, gehen mir nicht aus dem Kopf. Das Grübeln wird eine Art Zwang für mich.

Da sich mein Zustand verschlechtert hat, erhöht Dr. K. die Dosis meines Medikamentes. Schon nach wenigen Tagen geht es mir besser. Was soll in Zukunft werden?

Ich kann nicht bei jedem Problem die Medikamentendosis erhöhen. Ich warte voller Ungeduld auf meine nächste Therapiesitzung. Ich spüre ein dringendes Bedürfnis Herrn S. von den Erlebnissen und Gefühlen der vergangenen Tage zu erzählen. Liegt darin der Sinn einer Gesprächstherapie?

Juni 1999

Mittlerweile habe ich meine morgendlichen Joggingrunden auf dreißig Stück erhöhen können. Das entspricht einer Strecke von zwei Kilometern. Jetzt setze ich mir die nächste Hürde. Ich will Rad fahren, damit ich auch ohne Auto nach draußen komme. Jeden zweiten Tag möchte ich das Laufen durch Radfahren ersetzen. Am ersten Tag stehe ich Minuten hinter dem Tor und schwanke zwischen fahren und nicht fahren. Mein Herz schlägt bis zum Hals und mein Magen rebelliert. Ich gebe mir den Befehl: „Augen zu und durch!", steige auf mein Rad und murmele „Ich schaffe es, ich schaffe es" vor mich hin. Eine Runde durchs Dorf. In knapp zehn Minuten bin ich zurück. Geschafft! Freudentränen laufen mir übers Gesicht. Für einen Gesunden nicht zu ermessen, was ich empfinde.

Julia muss zum Glück nicht mehr jeden zweiten Tag ins Krankenhaus. Es ist wieder Ruhe eingekehrt. Sie hat jetzt einen Geh-Gips und zwei Gehhilfen und kann sich wieder alleine fortbewegen. Das tägliche Spritzen zum Vermeiden eines Blutgerinnsels habe ich übernommen. Über die Krankenkasse habe ich auch ein Taxi organisiert, das sie jeden Tag zum Studieninstitut fährt und auch wieder abholt. Somit ist auch ihre Abschlussprüfung nicht gefährdet. Da ich mir keine Sorgen mehr machen brauche, geht es mir auch wieder besser.

Die täglichen Arbeiten im Haushalt bewältige ich trotz morgendlicher Anlaufschwierigkeiten und mit Hilfe meines Tagesplanes und durch das Aponal ganz gut. Für die Einkäufe habe ich mir eine eigene Strategie entwickelt. Ich bin auf keinen bestimmten Supermarkt mehr festgelegt. Dort, wo die wenigsten Autos stehen, gehe ich einkaufen. Das garantiert mir kurze Wartezeiten an den Kassen. Für mich ist nur wichtig, es geht schnell, dann haben Angst und Panik keine Chance.

Ich habe herausgefunden, dass die Mittagszeit dafür am günstigsten ist. So kann ich endlich wieder die Einkäufe allein bewältigen. Die schönsten Stunden des Tages sind für mich die Stunden im Garten. Ich setze mich in die Sonne und versuche zu lesen. Leider gelingt mir das nur selten, da ich mich nicht konzentrieren kann. Dann schaue ich einfach nur die Blumen an oder beobachte den Frosch, der sich in unserem kleinen Teich ein Zuhause gesucht hat. Dabei geht es mir gut und ich werde auch ruhig.

8. Juni. Heute habe ich endlich den Termin bei der Neurologin Frau Dr. W. Meine Aufregung hält sich in Grenzen. Nach zwei Stunden werde ich endlich aufgerufen. Ich erzähle wieder von meinen Beschwerden und berichte über die bereits begonnene Therapie.

Des Weiteren erwähne ich das Medikament und die Dosierung, welches mir mein Hausarzt verordnet hat. Frau Dr. W. stellt einige Zwischenfragen und teilt mir dann mit, dass es für mich besser wäre, wenn ich sofort in eine Klinik zur stationären Behandlung gehen würde. Ich bin geschockt und lehne die Einweisung ab.

Das Gefühl, meine Kinder in Stich gelassen zu haben, ist wieder da, ich muss weinen. Niemals in meinem Leben werde ich den Augenblick vergessen, als ich nach acht Wochen Therapie aus Haldensleben zurückkam.

Tom, der „Große" und Julia, die „Kleine", waren damals fünf und drei Jahre alt. Wie hatte ich mich gefreut, sie wieder zu sehen. Es war einen Tag vor Weihnachten, ich hatte Geschenke besorgt, und es sollte das schönste Fest seit Jahren werden.

Als ich die Tür öffnete, schaute Julia an mir vorbei, als ob sie mich nicht kennen würde, ließ sich nicht einmal anfassen von mir. Auch Tom war mir fremd geworden. Ich hatte ein Gefühl, als würde ein Stück aus meinem Herzen gerissen. Es dauerte einige Zeit bis die Kinder, nicht zuletzt durch die gute Unterstützung von Udo, wieder Vertrauen zu mir fassten. Ich weinte, wenn ich allein war und schwor, dass ich die Kinder nie wieder freiwillig verlassen werde. Beim Vorschlag von Frau Dr. W., in die Klinik zu gehen, spürte ich diesen Schmerz, als wäre es gestern gewesen.

Als Alternative willige ich ein, ein neues Medikament einzunehmen, welches die Angstsymptome beseitigen soll. Das Medikament heißt Gladem 50. In den kommenden Tagen soll ich das alte Medikament langsam absetzen und dann mit dem Neuen beginnen. Mit einem neuen Termin in zwei Wochen und den Worten, ich soll mich sofort melden, wenn es mir schlechter geht, werde ich von Frau Dr. W. verabschiedet. Ich bin froh alles so gut überstanden zu haben und finde Frau Dr. W. sehr sympathisch. An diesem Abend bin ich sehr aufgekratzt. Endlich habe ich ein Medikament, das meine Ängste beseitigen soll. Das kann ich mir nicht vorstellen. Keine Angst mehr in überfüllten Räumen, im Restaurant, beim Friseur, im Kino oder beim Arzt im Wartezimmer. Nie wieder Angst im Zug, im Bus, im Fahrstuhl und ich weiß nicht wo noch überall. Das Gefühl, das vor der Angst war, kenne ich nicht mehr.

Eigentlich gibt es auch kein „Vor der Angst", es gibt nur ein „Zwischen der Angst". Meine Ängste aus der frühen Kindheit verschlimmerten sich in der Schule noch. Aufgrund meiner dünnen Arme und Beine wurde ich gehänselt, meine Schüchternheit ließ mich alles erdulden. So richtig schlimm wurde es in den oberen Klassenstufen.

Alle Jungs übersahen mich oder machten blöde Sprüche: „Eine lange Dürre wird kommen." „Der Storch hat Beine, aber Waden hat er keine." „Plättbrett." „Siehst aus wie Schneewittchen, hinten kein Arsch und vorne kein Tittchen."

Ich ging ungern in die Schule, konnte mit niemanden über die seelischen Verletzungen sprechen.

Nur einer hielt in der Zeit immer zu mir, ein guter Freund der bei uns im Haus wohnte. Damals ein Spielkamerad aus Kindertagen, tausendmal berührt und ... dann kam der Tag, wo es mehr wurde. Meine erste große Liebe, die irgendwann zerbrach, durch die ich aber lernte, was es heißt, von einem Mann geliebt und begehrt zu werden.

Nach der Schulzeit kam die Wende. Mit Beginn der Lehre hatte ich Kontakt zu anderen Menschen. Die verhielten sich mir gegenüber ganz anders als meine ehemaligen Schulkameraden. Mein Selbstbewusstsein wuchs. Auch ich lernte nun Männer kennen. Ich fand mich schön, attraktiv und sexy. Ich war viel mit Freunden unterwegs, damals sagte man, frohes Jugendleben, heute heißt es Party machen. Zwanzig Kilometer mit dem Fahrrad zum Tanz zu fahren, war keine Hürde für uns. Ich war unbeschwert, glücklich und habe nichts vermisst. In den Jahren von Beginn meiner Lehre bis zum Kennenlernen meines Mannes, hatte ich einige Männerbekanntschaften, die leider alle nicht von langer Dauer waren.

Dank der FDJ hatten wir ein sehr frohes Jugendleben. Ständig war irgendetwas los. Weltfestspiele in Berlin, Ostseewoche in Rostock, Freundschaftsreise nach Prag, Wintersport im Harz und vieles mehr. Für uns alles umsonst, von den Betrieben und der FDJ gesponsert. Die politischen Veranstaltungen waren eine Pflichtübung, kein so großes Übel. Die gingen nach kurzer Zeit vorbei und dann war Party bis zum Morgengrauen.

Als ich Udo kennenlernte, wurde ich sehr schnell schwanger und wir zogen zusammen. 1975 wurde mein Sohn Tom geboren. Wir bauten Udos Elternhaus aus, alles war bestens, mir ging es gut und wir waren glücklich. Bis nach der Geburt von Julia 1978. Da kam die Angst über Nacht zurück.

Nun warte ich auf den Tag der ersten Einnahme von Gladem. Schon nach der ersten Einnahme ist meine Freude dahin. Starke Übelkeit und Brechreiz, Zittern und Herzrasen stellen sich ein. Na ja, wahrscheinlich einige Nebenwirkungen, die in ein paar Tagen vorbei sind, denke ich. Aber es geht mir von Tag zu Tag schlechter. Alle Depressionsbeschwerden sind stärker vorhanden als jemals zuvor. Ich hätte nie gedacht, dass es noch schlimmer kommen kann, aber es ist so. Die Angst nimmt ungewöhnliche Ausmaße an. Ich kann vor lauter Übelkeit kaum noch Nahrung zu mir nehmen.

Die vier Pfund, die ich mir gerade wieder mühsam angegessen hatte, sind schon nach einigen Tagen wieder fort. Meine Familie ist total hilflos und kann das Ganze nicht verstehen. Wieso das alles? Dir ging es doch gerade wieder besser. Ich kann es ja selbst nicht verstehen.

Ich bekomme zu den schlimmen Beschwerden auch starke Schuldgefühle und bin nur am Jammern und Heulen. Ich kann die entsetzten Gesichter meiner Lieben nicht ertragen. Ist es Mitleid oder Ablehnung oder Hilflosigkeit? Warum nur spricht keiner mit mir darüber? Ich wünsche es mir sehr, aber wenn ich versuche, darüber zu sprechen, blockt jeder ab. Es ist wieder wie früher in der Kindheit, wo ich zu hören bekam „Hab dich nicht so!" „Reiß dich zusammen!" Lass dich nicht so gehen!" Wie ich das hasse!

Inzwischen habe ich keinen Mut mehr, ich habe das Gefühl, dass ich allen nur lästig bin. Die meiste Zeit des Tages laufe ich im Garten oder auf dem Hof hin und her wie ein Tier im Käfig. Was mich dazu antreibt, weiß ich nicht, aber anders kann ich mein Leben zurzeit nicht ertragen. Ich weiß nicht, wie viel Kilometer ich schon gelaufen bin, ich weiß nur, ich bin am Ende meiner Kraft und komme nicht zur Ruhe. Jeden Tag wird es noch ein bisschen schlimmer.

Für meine Familie muss dieser Zustand unerträglich sein. Sie wissen nicht, wie sie mit mir umgehen sollen und ich kann es ihnen nicht sagen. Wenn wir alle zusammen sind, herrscht Totenstille. Das Gefühl, lästig zu sein, wird stärker.

Meine Gedanken drehen sich darum, dass ich versagt habe, dass ich zu schwach bin, dass ich meiner Verantwortung für die Familie nicht nachkommen kann und dass ich nicht wert bin, dafür noch geliebt zu werden. Hat das alles noch einen Sinn?

„Ich kann nicht mehr, glaube, es ist besser, wenn ich doch in eine Klinik gehe. Dann seid ihr mich endlich los", sind jetzt meine täglichen Argumente. Ein Teufelskreis. Das Leben ist die Hölle für die ganze Familie. Außer an meine Krankheit kann ich an nichts anderes denken. Nur mit mir selbst beschäftig, döse ich den ganzen Tag vor mich hin, nicht fähig zu irgendeiner Tätigkeit. Mein organisierter Tagesablauf nach Plan funktioniert nicht mehr. Bücher, Internet, Fernsehen, alles ist mir total egal. Mein Gedächtnis ist gelähmt. Ich bin so vergesslich, dass ich Angst vor mir selber habe. Telefonnummern, Namen, selbst das Essen vergesse ich. Das Schlimmste an der ganzen Geschichte ist, dass ich mir bewusst bin, was da passiert und ich trotzdem nicht in der Lage bin, das abzustellen.

Der Gedanke an eine Klinikeinweisung kommt mir immer öfter, aber im nächsten Augenblick sind da unheimliche Schuldgefühle, meine Familie im Stich zu lassen. Wenn mich Udo ansieht, habe ich das Gefühl, er schaut durch mich hindurch. Mag er mich noch? Macht er mich für die Krankheit verantwortlich?

Ich würde so gerne mit ihm über meine Ängste und Gefühle reden, aber ich kann ihn nicht erreichen. Wenn er mich doch einfach mal in den Arm nehmen würde, ich sehne mich doch so nach Wärme und Geborgenheit. Ich glaube, auch er hat Angst und weiß nicht, wie er mit mir umgehen soll.

Es kann nicht so weitergehen. Bevor ich den totalen Blackout bekomme, rufe Frau Dr. W. an. Ich schildere ihr meinen Zustand, lehne aber gleichzeitig eine Krankenhauseinweisung ab. Sie sagt, dass es bei einer derartigen Medikamentenumstellung durchaus vorkommen kann, dass die Beschwerden, die verschwinden sollen, erst einmal verstärkt auftreten. Hätte sie mir das nicht gleich sagen können? Sie rät mir, für die Zeit der Umstellung ein zusätzliches Medikament einzunehmen. Frau Dr. W. ruft sofort meinen Hausarzt an, so dass ich mir noch am gleichen Tag das Rezept von ihm abholen kann.

Allerdings soll ich das persönlich tun, damit er mit mir reden kann. Schon ist die nächste Hürde da. Wie komme ich zum Arzt? Allein bin ich nicht in der Lage dazu und Udo ist seit heute auf Dienstreise. Die Kinder sind zur Arbeit und meine Eltern haben kein Auto. Bei diesem Gedanken kriege ich wieder das große Zittern. Ich weiß mir keinen anderen Rat, als bei meiner Freundin Simone anzurufen. Kurze Zeit später steht sie vor der Tür.

Erschrocken bei meinem Anblick hilft sie mir beim Waschen und Anziehen und fährt mich zu Dr. K. Dort sorgt sie dafür, dass ich mich sofort ins Behandlungszimmer setzen kann, denn die Angst vorm Wartezimmer ist übermächtig. Mir ist es sehr peinlich, aber ich komme nicht dagegen an. Dr. K. hat mich schon erwartet. Behutsam versucht er ein Gespräch mit mir zu führen, aber außer Tränen und Worte der Verzweiflung bringe ich nichts heraus.

Als er mich beruhigt hat, gibt er mir das Rezept und bittet mich, ihn jeder Zeit anzurufen, sollte ich Hilfe brauchen. Ich verspreche es und er übergibt mich wieder an Simone. Ich fühle mich wie ein hilfloses Kind. Simone fährt mich zur Apotheke, obwohl ich immer wieder versichere, dass das doch meine Kinder am Abend machen können.

Mit zitternden Händen wie eine Suchtkranke, gebe ich dem Apotheker das Rezept, ohne ihn dabei anzuschauen. Als ich das Medikament habe, will ich nur nach Hause auf meine Couch.

Doch Simone ist da ganz anderer Meinung. Sie redet auf mich ein, dass ein kleiner Bummel mir bestimmt gut tun würde. Oh Gott, Panik! Ich stehe hier, bin auf sie angewiesen und mir geht es schlecht. Allerdings hat sie mir geholfen, also bin ich ihr den Bummel schuldig. Ohne zu überlegen, dass sie es ja vielleicht für mich macht, um mich abzulenken. Ich stimme zu.

Gleichzeitig bitte ich darum, dass wir sofort zurückgehen, falls ich nicht mehr kann. Ich hake mich krampfhaft bei ihr ein und konzentriere mich auf meine Beschwerden, lauere darauf, wann die nächste Panik über mich herein fallen wird. Simone versucht mich abzulenken.

Als ich wahrnehme, wie weit wir uns schon vom Auto entfernt haben und ich trotzdem nicht umgefallen bin, lasse ich mich sogar noch zu einem Eis überreden. Als ich wieder nach Hause komme, bin ich mächtig stolz auf mich und meine Kinder freuen sich mit mir. Julia erklärt sich sofort bereit, das Gleiche am nächsten Tag mit ihr gemeinsam zu wiederholen. In diesem Augenblick habe ich seit langer Zeit wieder Hoffnung.

Am frühen Abend schlucke ich die erste Tablette Tafil und schlafe fast die ganze Nacht durch. Seit vielen Wochen das erste Mal. Gleich nach dem Frühstück nehme ich wieder eine Tafil. Auf Anweisung der Ärztin soll ich dreimal eine Tablette pro Tag nehmen. Aber oh Gott, was ist das? Ich bin total benommen, fühle mich, als würde ich neben mir stehen, alles ist so dumpf und schwammig. Dabei wollte ich zur Therapie, aber in diesem Zustand kann ich unmöglich Auto fahren. Den Termin sage ich ab. Herr S. ist völlig sprachlos, als er hört, wie es mir in den letzten Tagen ergangen ist. Wir vereinbaren einen neuen Termin. Nachdem ich wieder klar im Kopf bin, lese ich den Beipackzettel von Tafil. Der nächste Schock überfällt mich. Das Medikament macht abhängig. Was jetzt? Genau davor habe ich Angst. Wenn ich die Tabletten nicht nehme, geht es mir sehr schlecht und ich komme vielleicht doch ins Krankenhaus. Nehme ich die Tabletten allerdings regelmäßig, geht es mir zwar gut, aber ich werde abhängig. Noch einmal Frau Dr. W. anzurufen wage ich nicht, denn dann kriege ich gleich die Einweisung. Ich werde mir meine eigene Strategie zurecht basteln. Zuerst werde ich die Dosis auf dreimal eine halbe Tablette reduzieren. Es klappt. Ich komme viel besser mit dem Medikament klar. In den nächsten Tagen lassen die Beschwerden etwas nach.

Jetzt entschließe ich mich, nur noch zur Nacht und wenn ich aus dem Haus gehe eine halbe Tafil zu nehmen. Das funktioniert prima. Wenn ich das Problem mit meinem Magen in den Griff kriege, geht es aufwärts. Ich fahre von einer Apotheke zur anderen und frage nach einem rezeptfreien Magenpräparat, welches bei Magenschmerzen hilft, die aufgrund einer Einnahme von Antidepressiva als Nebenwirkung auftreten. Es kann mir keiner helfen. Ich probiere einiges aus, aber umsonst. Auch meine Recherchen im Internet bleiben diesbezüglich erfolglos. Jeder rät mir zum Arzt zu gehen, aber genau das möchte ich nicht. Ich habe Angst, dass das Gladem wieder abgesetzt wird und ich das nächste Antidepressivum bekomme. Nicht jetzt, wo es gerade bergauf geht. Dann lebe ich lieber Diät und halte die Magenbeschwerden aus.

Die nächste Therapiestunde steht an. Mit Hilfe von Tafil schaffe ich den Weg. Allerdings bin ich heute zu keinem Gespräch fähig. Ich bin sehr unruhig. Herr S. macht eine Entspannungsübung (Biofeedback) mit mir. Danach geht es mir besser. Als nächstes nehme ich den Termin bei Frau Dr. W. wahr. Sie ist beruhigt, dass es mir mit Hilfe von Tafil besser geht und ist der Meinung, dass die Wirkung von Gladem bald ganz einsetzen wird. Bis zum nächsten Termin soll ich alles weitermachen wie bisher.

Ich fange wieder an, mir Tagespläne aufzustellen. Mit Kamillentee beruhige ich meinen Magen. Wenn ich nicht aus dem Haus muss, ertrage ich brav meine Beschwerden und steht ein Weg an, meistere ich den mit einer halben Tafil. So vergeht ein Tag nach dem anderen, ich bekomme kaum etwas mit, was in meiner Umwelt passiert. Ich bin auf meine Krankheit fixiert. Meine Lieblingsmusik von Wolfgang Petry ist mir jetzt Lebenshilfe und Sprachrohr zugleich geworden. Den ganzen Tag höre ich Lieder wie zum Beispiel: „Ich will das alles nicht mehr", „Augen zu und durch", „Pass gut auf dich auf", und viele andere. Meine absolute Nummer eins ist das Lied „Der Sommer von damals". Je nach Verfassung lösen diese Lieder die unterschiedlichsten Gefühle in mir aus. Manchmal weine ich und ein anderes Mal verspüre ich Freude und singe sogar mit. Je nach Tagesform. Im Auto habe ich die Kassetten ständig dabei. Wenn ich mit Udo fahre, stelle ich diese Musik an. Es ist jedes Mal ein Versuch, ihm meine Befindlichkeit mitzuteilen. Bei den Liedern „Alles würd` ich für dich tun" und „Pass gut auf dich auf" habe ich immer die gleichen Gedanken. Er muss doch bei diesen Liedern spüren, was ich empfinde. Doch die von mir gesetz-ten Zeichen erreichen ihn nicht. Am liebsten würde ich meine Ängste und Gefühle herausschreien, aber Angst vor seiner Reaktion und Scham halten mich davon ab. Vier Monate sind vergangen, anfangs dachte ich, wenn der Sommer da ist, geht es mir wieder richtig gut.

In dieser tiefen Phase meiner Krankheit beschäftige ich mich auch mit dem Thema „Glauben und Religion". Ich weiß, dass Menschen, die einen festen Glauben haben, Probleme und Lebenskrisen leichter bewältigen und Krankheiten besser annehmen können. Vielleicht ist es auch für mich eine Chance zur Bewältigung meiner Depression. Ich informiere mich über verschiedene Religionen. Die Kirche habe ich bis jetzt nur als ein großartiges Bauwerk gesehen und wenn ich mal in die Kirche gegangen bin, nur, weil mir die Architektur, die Innenausstattung und Ruhe so gefallen haben. Meine Eltern haben mich weder taufen lassen, noch bin ich religiös erzogen.

Schon nach kurzem Studium der Bibel habe ich für mich erkannt, dass der christliche Glaube nicht das ist, was ich suche, und was mir weiterhelfen wird. Wie kann ich mein Leben in die Hände eines Gottes legen und einfach hinnehmen, dass alles von ihm gewollt ist und einen Sinn hat?

Er kann doch nicht wollen, dass ich so leide!

Jetzt, wo ich gerade anfange, selbst für mein Leben die Verantwortung zu tragen, möchte ich daran nicht glauben.

Julia beschäftigt sich seit längerer Zeit mit dem Buddhismus, ich versuche auch einen Zugang dazu zu finden. Sehr schnell erkenne ich in den Lehren des Buddhismus viele Dinge, die sich mit meinen Wünschen und Vorstellungen decken. Ich habe den Wunsch, tiefer in diese Lehren einzudringen und lese viel darüber. Immer öfter spüre ich, dass der Buddhismus mir zum Glauben verhelfen kann. Nämlich zum Glauben an mich selbst. Es heißt:

„Im Buddhismus kann nichts und niemand uns daran hindern, alle nur denkbaren Fragen zu stellen. Wir haben die unbegrenzte Freiheit, das Denken zu analysieren und zur Diskussion zu stellen."*

Diese Aussage gefällt mir gut, denn ich bin ein neugieriger Mensch und nehme nicht etwas von Gott gewollt hin. Ich sehe den Buddhismus für mich mehr als Lebensphilosophie und nicht als Religion an. Trotzdem achte und respektiere ich den Glauben einer jeden Religion.

*aus dem Buch „Der Mensch der Zukunft-
Meine Vision" vom Dalai Lama

Juli 1999

Es ist endlich Sommer, aber ich kann ihn nicht genießen. Im Internet habe ich durch Zufall ein Psychoforum entdeckt. Ich bin so froh, endlich kann ich mich mit anderen Betroffenen austauschen. Eine junge Frau, die ebenfalls Gladem nimmt, hat mir geraten, das Medikament nicht vor dem Frühstück, sondern während des Essens mit viel Flüssigkeit einzunehmen. Am nächsten Tag probiere ich es aus. Schon nach wenigen Tagen werden meine Magenbeschwerden besser. Da schlucke ich nun Magentropfen, lebe nur von Kamillentee und trockenem Brot und die Lösung meines Problems ist so einfach. Warum bin ich nicht selbst darauf gekommen? Ich genieße die Stunden im Internet und wünsche mir, ich könnte mich öfters mit Betroffenen austauschen. Aber das ist leider auch eine Kostenfrage. Darum erkundige ich mich bei meiner Krankenkasse nach einer Selbsthilfegruppe in meiner Nähe. Leider ohne Erfolg, es gibt keine Selbsthilfegruppe für Angst- und Depressions- Kranke. Die Gesundheitsberaterin meiner Krankenkasse bietet mir an, mit ihr Gespräche zu führen. Ich finde es nett, aber es ist nicht das, was ich will, dafür habe ich ja Herrn S. Ein Gespräch unter Betroffenen hat einen anderen Stellenwert, ich fühle mich da besser verstanden.

Da ich schon seit April krankgeschrieben bin, erhalte ich eine Einladung zur Begutachtung durch den Medizinischen Dienst. Dieser Termin wirft mich wieder aus der Bahn und ich nutze die nächste Therapiesitzung, um mit Herrn S. darüber zu reden. Ich habe das Gefühl, keiner glaubt mir, dass es mir schlecht geht. Ich glaube mich für meine Krankheit entschuldigen zu müssen. Sicher denken alle, ich bin zu faul zum Arbeiten. Schuldgefühle über Schuldgefühle. Hätte ich doch nur eine Krankheit, die man sehen könnte.

Der Termin ist da und ich kann ihn nur mit Hilfe von Tafil wahrnehmen. Die Ärztin, die mich befragt, ist mir von Anfang an unsympathisch. Sie ist barsch und wenig einfühlsam. Mein Gefühl sagt mir, sie glaubt mir nicht. Nach ein paar Fragen kommen mir die Tränen, ich zittere und kann nichts mehr sagen. „Bitte kommen sie in zwei Wochen wieder und gehen sie jetzt", sagt die Ärztin. Ich schäme mich und würde am liebsten im Erdboden versinken. Als ich wieder zu Hause bin, geht es mir zwar besser, aber ich wünsche mir für den Rest meines Lebens meine Festung nicht mehr verlassen zu müssen. Wäre das Leben dann noch lebenswert? Im Grunde meines Herzens will ich doch nichts weiter als das Leben genießen, lachen und Freude haben. Viele Ratschläge erhalte ich im Psychoforum und fast alle probiere ich aus. Ich treibe wieder regelmäßig Sport. Fahre Fahrrad, jogge oder mache Gymnastik. Sehr oft fühle ich mich danach besser.

Auch habe ich mir eine Atemtechnik angeeignet, die in Angstsituationen helfen soll. Dabei muss man tief durch die Nase in den Bauch einatmen, dann Atem anhalten, langsam ausatmen und vor dem nächsten Einatmen ebenfalls eine kleine Pause einlegen. Das Ganze zehn mal.

Übrigens ist dies auch der Tipp eines Betroffenen. Oder ich lasse den Satz **„Ich schaffe es"** immer wieder vor meinem inneren Auge vorbeiziehen. Das autogene Training mache ich regelmäßig, aber wenn es mir sehr schlecht geht, hilft auch das nicht. Tafil nehme ich nur noch selten. Ich bin froh, dass ich standhaft geblieben bin und mir die Einnahme von Tafil nicht zur Gewohnheit gemacht habe. Die Tage laufen immer nach dem gleichen Schema ab: zuerst Sport, dann Hausarbeit und am Nachmittag Tätigkeiten, die mir Spaß machen. Zwischendurch immer wieder zu Dr. K., zu Frau Dr. W., zu Herrn S., zur Krankenkasse und zum Medizinischen Dienst.

Aus meinem Tagebuch:

13. Juli 1999 Seit dem akuten Ausbruch meiner Depression ist viel Zeit vergangen. Nur langsam mache ich Fortschritte. Ich habe jetzt jede Woche eine Therapiesitzung. Mühselig arbeite ich mit Hilfe von Herrn S. an meinen Problemen, welche ich erst jetzt als Probleme erkannt habe. Ich dachte immer keine zu haben, aber nun weiß ich, dass mein größtes Problem in meinem Verhalten zu meinen Mitmenschen liegt. Als Herr S. mir sagte, ich sollte mich doch um die Stelle von Mutter Theresa bewerben, hielt ich das erst für einen Scherz, als ich zu Hause in Ruhe nachdachte, ging mir ein Licht auf. Im Psychoforum empfahl man mir das Buch „Wenn Frauen zu sehr lieben - die heimliche Sucht, gebraucht zu werden". Ich habe es mir sofort besorgt und angefangen zu lesen. Nach fünf Seiten musste ich es wegpacken. Es war, als würde ich in einen Spiegel sehen. Mir wurde schlecht und mein Herz raste. Die Gefühle fuhren Achterbahn.

Udo reagiert mir gegenüber abweisend, das ist seine Art, mit der Situation umzugehen. Dabei wünsche ich mir so sehr seine Nähe. Ich denke, auch er hat Probleme mit unserer jetzigen Situation, aber ich muss lernen, dass ich ihm nicht alles abnehmen kann. Er muss selbst damit fertig werden.

Alles ist im Moment schwierig. Jetzt, wo ich weiß, welches meine Probleme sind, geht es mir wieder schlechter. Mein Körper reagiert auf dieses Bewusstsein. Ihm gefällt es nicht, dass er sich von den alten Verhaltensmustern trennen soll. Keiner kann mir dabei helfen, durchführen muss ich es alleine. Verdammt, es tut so weh!

Am 19. Juli habe ich wieder eine Therapiesitzung. Mittlerweile habe ich das System verstanden und weiß schon vorher genau, worüber ich reden möchte. Herr S. versteht es, dass ich mich durch seine Zwischenfragen, mit meinem eingefahrenen Denk- und Verhaltensmuster auseinander setzen muss. In dieser Therapiesitzung fragt er mich, was ich denn früher gern gemacht habe, woran ich Spaß hatte. Ich erzähle unter anderem, dass ich sehr kreativ war. Malen, Basteln und Handarbeiten zählten zu meinen Hobbys. Er fordert mich auf, zur nächsten Sitzung ein selbstgemaltes Bild mitzubringen. Mir verschlägt es die Sprache. Ich nehme all die vielen Bilder an den Wänden seines Sprechzimmers das erste Mal richtig wahr. Einige sprechen mich an und ich glaube zu verstehen, was der Zeichner damit sagen wollte, ich finde darin meine Gefühle wieder. Ich kann mir allerdings nicht vorstellen, dass ich malen kann. Wie soll das aussehen und überhaupt was wird meine Familie dazu sagen?

Trotzdem kaufe ich mir nach der Therapiestunde einen Zeichenblock, Farben und Pinsel.

Noch am gleichen Tag will ich es ausprobieren, aber was soll ich malen. Durch Zufall fällt mir ein Reiseprospekt von Ungarn in die Hände. Dort habe ich vor ein paar Jahren einen wunderschönen Urlaub mit Udo verbracht. Das Bild vom Sonnenuntergang in der Puszta gefällt mir besonders. Erinnerungen werden wach. Die dunklen und warmen Farben sprechen mich an. Leider wandern die ersten zwei Entwürfe in den Papierkorb. Es ist alles andere, aber kein Sonnenuntergang. Als ich aufgeben will, wird mir bewusst, dass ich in der Zeit, die vergangen ist, nichts um mich herum wahrgenommen habe. Ich bin ruhig und entspannt und ich fühle mich wohl. Wenn ich auch nicht malen kann, aber allein dieses Gefühl ist es wert, weiterzumachen.

So entsteht im dritten Versuch mein erstes Bild. Es hat riesigen Spaß gemacht und ich bin unheimlich stolz. Wann habe ich mich zum letzten Mal so gefühlt? In den nächsten Tagen nehme ich das Malen mit in meinen Tagesplan auf. Nur eins macht mir zu schaffen: ich male heimlich, immer wenn meine Familie nicht zu Hause ist. Ich habe ein schlechtes Gewissen. Während alle zur Arbeit sind, setze ich mich hin und habe Spaß. Das kann nicht richtig sein. Um diese Zeit habe ich Pflichten im Haushalt zu erfüllen, wenn ich nicht mehr arbeiten gehe. Aber was soll ich da machen?

Alles ist geputzt, gewaschen und gebügelt. Ich habe gekocht, war einkaufen und habe alle Sonderwünsche der Familie erfüllt.

Den Rest der Zeit habe ich mich mit meiner Krankheit herumgeplagt. Ich frage mich, habe ich das Recht, tagsüber, wenn alle anderen arbeiten, etwas zu tun, was mir Spaß macht? Zuerst beichte ich Julia, dass ich angefangen habe zu malen. Entgegen meinen Erwartungen reagiert sie interessiert. Ich bin froh, nehme allen Mut zusammen, und erzähle auch Tom und Udo davon. Udo verdreht die Augen, stöhnt und sagt, ich solle lieber etwas machen, das auch was einbringt. Genau vor dieser Reaktion hatte ich Angst. Ich bin enttäuscht und habe das Gefühl, als hätte ich soeben einen Schlag ins Gesicht bekommen. Vielleicht hat er es nicht so gemeint, aber mich bestärkt es in meiner Ansicht, kein Recht auf Freude zu haben, wenn meine Familie arbeitet. Tom sagt einfach nur: „Hallo Picasso". An seiner ruhigen, immer freundlichen Ausstrahlung merke ich, dass es ihm egal ist, womit ich den Tag verbringe.

Zum Glück ist das Gefühl beim Malen so großartig, dass ich in Zukunft nicht darauf verzichten will. Es wird fast zur Sucht. Allerdings male ich hauptsächlich, wenn Udo nicht zu Hause ist. Ich habe keine Lust auf seine Kommentare, oder habe ich etwa Angst, ihm gegenüber meine Wünsche zu äußern?

Zu meinem großen Erstaunen werden die Bilder immer besser. Da mein Vater selbst malt und sich für Kunst interessiert, habe ich in ihm auch einen guten Kritiker gefunden. So kann ich zur nächsten Therapiestunde gleich mehrere Bilder mitnehmen. Herr S. analysiert anhand der Farben und Motive meinen jeweiligen Gemütszustand beim Malen. Ich bin überrascht, was man alles aus einem Bild herauslesen kann. Mein Entschluss steht fest. Das Malen und Zeichnen wird von nun an einen festen Stellenwert in meinem Leben haben.

August 1999

Stefan hat uns zu seinem 50. Geburtstag eingeladen. Vor neunzehn Jahren haben wir Stefan und seine Familie in einem Tschechei – Urlaub kennen gelernt. Seitdem fahren wir jedes Jahr zu ihnen. Oft waren wir auch alle zusammen im Urlaub. Ob in Potsdam oder Bratislava, ob im Harz, im Riesengebirge oder in der Tatra. Es war überall schön. Vor allem mit diesen Freunden. Wir waren immer sechs Erwachsene und fünf Kinder. Eine richtige Großfamilie. Nach all den Jahren gehören wir zur Familie dazu. Unsere Kinder sind im gleichen Alter. Wir haben sie zusammen groß werden sehen.

Stefan wird also 50. Udo freut sich riesig auf ein Wiedersehen. Da Udo keine Eltern und Geschwister mehr hat, sind diese Freunde für ihn eine Art Ersatzfamilie. Über die Jahre hat er die Sprache so gut gelernt, dass er auch telefonisch Kontakt mit Ihnen hält. Von meiner Angst vor dieser Reise sage ich ihm nichts. Ich will ihm die Freude nicht nehmen. Ich beruhige mich damit, dass ich für den Notfall noch Tafil habe. Es wird mir helfen, die wenigen Tage zu überstehen. Udo bekommt keinen Urlaub, darum können wir nur Samstag und Sonntag fahren.

Das werde ich schaffen. Als Geschenk besorge ich einen riesigen Präsentkorb und Blumen. Noch halb in der Nacht fahren wir los. Um acht Uhr sind wir an der Grenze und um elf Uhr am Ziel. Sieben Stunden Fahrt habe ich ohne Komplikationen und ohne Tafil überstanden. Als wir aufs Grundstück fahren, fällt mein Blick auf die lange Festtafel im Garten. Es ist mindestens für dreißig Leute gedeckt. Mir fällt ein Stein vom Herzen, denn das bedeutet, dass die Feier nicht in einer Gaststätte stattfindet. Davor hatte ich Angst. Ich kann also, wenn ich möchte, zu jeder Zeit aufstehen und mich zurückziehen.

Im Laufe des Nachmittags kommen die restlichen Gäste. Nach neunzehn Jahren lernen wir heute den Rest der Großfamilie kennen. Gehört hatten wir schon viel voneinander, darum sind auch wir uns gleich vertraut. Als am Abend auch noch zwei Musiker spielen, ist die Stimmung auf ihrem Höhepunkt. Die Texte der Lieder verstehe ich nicht, aber die Stimmung ist so gut, dass wir mitschunkeln. Alle singen mit, sogar die Jugend. Ich bin erstaunt, wie die jungen Leute mit der Familie feiern. Drei Generationen an einem Tisch fröhlich vereint. Wann hab ich so etwas zuletzt erlebt? Als wir um ein Uhr ins Bett gehen, ist die Feier längst nicht vorbei. Bis weit in die Nacht höre ich die Musik und den Gesang. Bei uns wäre das unvorstellbar. Hier regt sich kein Nachbar auf.

Irgendwann schlafe ich ein. Lange habe ich noch nicht geschlafen als ich wach werde, weil mein Herz stolpert. Panik überfällt mich und ich stehe auf. „Sei ganz ruhig", rede ich mir selbst ein, aber es hilft nicht. Udo schläft ganz fest und ich möchte nicht, dass er wach wird. Also setze ich mich auf mein Bett. Warum jetzt? Ich habe doch den ganzen Tag so toll durchgehalten, ohne Tafil, warum jetzt? Irgendwann, ich weiß nicht wie spät es inzwischen ist, erwacht das Leben im Haus. Keiner soll merken, was mit mir los ist, darum nehme ich eine halbe Tafil. Aus allen Zimmern kommen Leute und im Garten wird schon der Frühstückstisch gedeckt. Udo ist aufgestanden und sieht sofort, was mit mir los ist. Diesmal reagiert er sehr verständnisvoll. Er macht mit mir einen Spaziergang zum See. Als wir wieder zurückkommen, zeigt die Tablette ihre Wirkung und wir können gemeinsam mit den anderen frühstücken. Das Frühstück dehnt sich aus bis zum Mittag. Ich finde die Atmosphäre herrlich. Eine so große Familie an einem Tisch und alles geht ohne Stress und Hektik ab. Die Kinder laufen um die Tische, es fällt was um oder runter, keiner nimmt das tragisch, es wird sogar darüber gelacht. Kinder haben einen anderen Stellenwert als bei uns. Ich stelle mir vor, wie schön es wäre, wenn wir zu Hause auch so leben würden. Doch wir haben ja leider alle keine Zeit.

Nach dem Mittag herrscht allgemeine Aufbruchsstimmung, großes Verabschiedungszeremoniell. Mir geht es gut und ich bin so froh, dass wir gefahren sind. Meine Hoffnung wächst, dass ich auch den geplanten Urlaub im September schaffe, auf den Udo sich so freut, weil wir seit drei Jahren nicht im Urlaub waren.

Die Rückfahrt macht mir richtig Spaß. Am Sonntagabend um 21.00 Uhr sind wir wieder zu Hause. Es waren nur zwei Tage, aber es kommt mir vor als hätte ich Erlebnisse aus einer Woche in mir.

In den Tagen nach diesem wunderbaren Wochenende stehen wieder drei Arztbesuche auf meinem Programm. Zuerst muss Dr. K. mir die Arbeitsunfähigkeitsbescheinigung verlängern. Dann muss ich zu Frau Dr. W. Sie soll ein Gutachten für den Medizinischen Dienst über meinen Zustand anfertigen. Herrn S. erzähle ich von meiner Angst vor dem Medizinischen Dienst. Er gibt mir den Rat, deutlich meine Gefühle und Beschwerden zu äußern. Ich weiß nicht mehr, wie es dazu kam, als ich meine Bilder betrachtete, hatte ich das Bedürfnis, ein paar Zeilen dazu zu schreiben. So entstand mein erstes Gedicht.

Der Tag ist ran, ich muss zum Medizinischen Dienst. Meine Angst ist nach der letzten Erfahrung noch größer. Ich habe Schuldgefühle und schäme mich für meine Krankheit.

Die Zeit im Wartezimmer wird für mich zur Qual. In meiner Tasche habe ich ein Bild und mein erstes Gedicht.

Ich habe mir überlegt, wenn mir wieder die Stimme versagt und die Tränen kommen, zeige ich beides. Vielleicht versteht die Ärztin dann, wie es mir geht. Dieses Mal werde ich zu einer anderen Ärztin hereingerufen. Von Anfang an habe ich das Gefühl, sie wird mich verstehen. Nach einer gründlichen körperlichen Untersuchung unterhält sie sich einfühlsam mit mir. Ich bin ruhig und traue mich sogar, mein Bild und mein Gedicht zu zeigen. Ich sage ihr, dass beides das ausdrückt, was ich zur Zeit empfinde. Entgegen meinen Befürchtungen zeigt die Ärztin sehr viel Verständnis. Auch sie ist eine leidenschaftliche Hobbymalerin. Die Bilder an den Zimmerwänden sind von ihr. Ich bin begeistert. Wir reden fast eine ganze Stunde über Gott und die Welt, so dass ich fast vergesse, wo ich eigentlich bin. Die Ärztin rät mir zu einer Rehabilitation. Obwohl ich mich bis jetzt dagegen gesträubt habe, sage ich dieses Mal zu. Sie verspricht mir alle entsprechenden Unterlagen so schnell wie möglich an die Krankenkasse zu schicken.

Und tatsächlich schon eine Woche später werde ich zur Krankenkasse bestellt, um den Reha-Antrag auszufüllen. Als ich mit der Mitarbeiterin der Kasse den Antrag bespreche, bekomme ich wieder Angst. Auf was habe ich mich da bloß eingelassen? Allein von zu Hause weg, das schaffe ich nie. Aber es ist mir peinlich darüber zu reden und so tue ich, als würde ich mir nichts sehnlicher wünschen als diese Reha. Jetzt in der Hoffnung, dass das Ganze vielleicht abgelehnt wird.

In den nächsten Tagen beruhige ich mich immer wieder damit, dass der Beginn einer Reha in der Regel Monate dauert, wenn sie überhaupt genehmigt wird.

Für den Fall, dass ich fahren muss, suche ich schon mal im Internet nach einer Wunschklinik. Sie soll schön klein sein und nicht so weit weg, dann würde ich es vielleicht packen. Am liebsten würde ich es ambulant durchziehen, aber das ist hier nicht möglich.

Als ich wieder zur Krankenkasse gehe, um mir die Genehmigung für den Urlaub zu holen, frage ich auch gleich nach, ob ich eine Wunschklinik bestimmen kann. Das geht nicht. Eigentlich logisch, aber aus meiner Angst heraus rede ich mir ein, dass man bei mir vielleicht mal eine Ausnahme macht.

In dieser Zeit entsteht täglich ein Gedicht. Überall, wo ich bin, habe ich Papier und Stift dabei, denn die Ideen sprudeln aus mir heraus. Immer, wenn ich ein Gedicht fertig habe, bin ich stolz auf mich. Noch weiß keiner von meinem Geheimnis des Schreibens. Ich habe Angst, ich werde verspottet. Herrn S. offenbare ich mich aber dann doch. Der Wunsch, mit jemandem darüber zu reden, ist groß. Ich brauche die Reaktion eines anderen Menschen.

Wie kommen die Gedichte an? Verstehen andere überhaupt, was ich sagen will?

Dies sind für mich wichtige Fragen. Zu meiner großen Freude gesteht mir Herr S., dass die Gedichte sehr gut sind. Ich möchte es so gerne glauben, habe aber Zweifel. Also brauche ich noch andere Meinungen. Aber von wem? Als Einzige kommt Julia dafür in Frage, ihr kann ich alles anvertrauen. Sie gibt mir das Gefühl, dass sie mich versteht, weil sie am besten mit meiner Krankheit umgehen kann. Sicher hat es auch mit ihrer Arbeit beim Sozial- Psychiatrischen Dienst zu tun. Sie bestätigt mir nach dem Lesen der Gedichte, dass sie gut sind. Ich freue mich wie ein kleines Kind. Von nun an hüte ich meine Gedichte wie einen Schatz im Verborgenen. Fast täglich lese ich sie, wenn ich alleine bin, obwohl ich sie schon auswendig kann. Oft schlafe ich mit einem Text im Kopf ein. Am liebsten schreibe ich meine Ideen draußen im Garten auf, wenn ich ganz alleine bin.

Der Monat geht zu Ende und unser Urlaub rückt näher.

Depression

Es ist noch Nacht, es ist gerade mal vier,
ich liege wach und die Angst ist bei mir.
Diese schreckliche Angst, sie kommt jede Nacht
und hat mich schon oft um den Schlaf gebracht.
Jetzt bleib nur ganz ruhig, red` ich mir ein,
ich will doch endlich der Sieger sein.
Zwei Stunden später der Wecker, er schrillt,
ich hab es noch vor mir, das Albtraumbild.
Ich quäle mich hoch, der Magen rotiert,
die Gedanken sind völlig unsortiert.
Die Beine schwer und das Herz macht mir Sorgen,
was soll es; so ist es doch jeden Morgen.
Im Spiegel kann ich mich längst nicht mehr seh`n,
warum nur? Es ist so schwer zu versteh`n.
Zwei Stunden später, ich komm langsam zu mir,
ich ziehe mich an und geh vor die Tür.
Dreißig Minuten mache ich Sport,
man sagt, die Depression geht dann fort.

Jetzt erst mal was essen, auch das fällt mir schwer,
wenn nur dieses Wühlen im Magen nicht wär.
Noch nicht fit und schon wieder halb zehn,
jetzt bin ich müd', würd' gern schlafen geh'n.
Ich reiß mich zusammen es wird höchste Zeit,
sie fällt mir so schwer diese Hausarbeit.
Um elf das Gefühl, ich muss jetzt hier raus,
die Angst ist zwar da, aber ich geh aus dem Haus.
Irgendwohin es ist mir egal,
noch immer ist mir im Magen ganz fahl.
Nun ist es Mittag, es geht endlich bergauf,
der Tag nimmt jetzt einen anderen Verlauf.
Die Freude am Leben, sie ist wieder da,
ich hab es wieder geschafft, hurra!
Der Nachmittag hat mir Freude gebracht,
ich hab nicht einmal Angst vor der Nacht.
Am Abend dann, schmiede ich Pläne für morgen,
auf einmal sind sie alle verschwunden, die Sorgen.
Ach würde der Abend doch Ewigkeit sein,
ich gehe ins Bett und schlaf sogar ein.
Doch dann in der Nacht es ist gerade mal vier,
ich werde wach und die Angst ist bei mir.

Angelika Heuer

Angst ist ein schwarzes Tier

Angst, du großes schwarzes Tier
Angst, schon lang` leb ich mit dir.
Streckst deine Krallen nach mir aus,
verfolgst mich oft im ganzen Haus.
Nimmst die Freude mir am Leben,
was kann mir noch Hoffnung geben.

Angst, du kommst auch in der Nacht.
Angst, für dich hab ich gewacht.
Du ziehst mich in deinen Bann,
so dass ich nicht mehr länger kann.
Erlebe dich mit Schrecken,
da hilft auch kein Verstecken.

Angst, mein ständiger Begleiter.
Angst, nun weiß ich nicht mehr weiter.
Ich will dich nicht mehr bei mir haben,
will mich an schönen Dingen laben.
Will lachen, lieben, glücklich sein,
will dich besiegen, ganz allein.

Angst, du großes schwarzes Tier.

Angst, komm` bloß nie mehr zu mir.

Zieh endlich deine Krallen ein,

lass mich wieder glücklich sein.

Angst, ich werde dich besiegen,

Angst, schon bald werd` ich dich kriegen.

Angelika Heuer

Depression

Bin ich Kind, bin ich Greisin oder bin ich noch Frau?
Meine Gedanken sind wirr, ich weiß es nicht mehr genau.
Depression, Depression, Depression,
was wissen denn die anderen schon?
Wer kann empfinden wie ich diese Schmerzen,
im Magen, im Kopf und besonders im Herzen?
Ich kann nicht weinen, ich kann nicht lachen,
kann kaum die einfachsten Sachen machen.
Dabei will ich doch einfach nur leben,
wer oder was kann mir Hoffnung geben?
Medikamente, Sport, Therapie und noch mehr,
von morgens bis abends kämpfe ich sehr.
Ich will das Leben wieder genießen,
will schon den Morgen mit einem Lächeln begrüßen.
Sag mir Seele, wann bist du soweit,
wann kommt sie endlich wieder, die Zeit,
wo vorbei sind Angst und Schmerzen,
im Magen, im Kopf und besonders im Herzen?

Angelika Heuer

Kennst du das Land?

Kennst du das Land, wo die Ängste regier`n?
Kennst du das Land, wo Gefühle erfrier`n?
Ich kann`s dir erklären, ich kenne es schon.
Das Land, das ich meine, heißt Depression.

Ein dunkles Land, ein kaltes Land.
Ein Land in dem ich nur Traurigkeit fand.
Ich kann`s dir nicht zeigen, man kann es nicht seh`n,
man muss erst durch die Hölle geh`n.

In diesem Land steht ein Schneckenhaus,
ich wohne darin und komm nicht mehr raus.
Sehr lange lebe ich schon hier
und suche noch immer die Ausgangstür.

Angelika Heuer

September 1999

Wir haben unser Reiseziel festgelegt. Möchten nach Polen, nach Masuren. Die Landschaft in Masuren interessiert uns schon lange. Meine Gefühle schwanken zwischen Angst und Freude. Die Gewissheit für den Notfall Tafil zu haben, beruhigt mich aber. Herrn S. vertraue ich diese Zweifel an. Die Gespräche mit ihm bauen mich auf und machen mir Mut. Einige Tage vor Reiseantritt falle ich wieder in meine alten Verhaltensmuster. Ich bin damit beschäftigt, die Zeit unserer Abwesenheit für unsere Kinder durchzuorganisieren. Lebensmittelvorräte werden angelegt, Essen vorgekocht und eingefroren. Meine Gedanken kreisen nur um die Kinder. Habe ich auch alles bedacht? Ist alles gewaschen und gebügelt? Werden sie früh pünktlich zur Arbeit kommen? Vielleicht soll ich meine Mutter bitten, dass sie die Kinder morgens telefonisch weckt.

Ich kann nicht mehr. Verrückt! Ich bin verrückt. Die Kinder sind erwachsen. Viele in ihrem Alter haben einen eigenen Haushalt, aber ich drehe durch, wenn ich sie mal zehn Tage alleine lasse. Schuldgefühle, mich nicht richtig um meine Kinder zu kümmern, bereiten mir schlaflose Nächte.

Der Tag der Abreise ist gekommen, nun gibt es kein Zurück mehr. Wir fahren sehr früh los.

Bereits um sieben Uhr überqueren wir die Grenze in Frankfurt / Oder. Nach dreizehn Stunden Fahrt, bei herrlichem Sommerwetter, kommen wir in unserem Hotel in Sensburg (Mragowo) an. Sensburg liegt im Zentrum Masurens am Schlosssee (Jezioro Czos). Es ist noch viel schöner, als ich es mir vorgestellt habe. Unser Zimmer liegt im oberen Stockwerk und hat einen Balkon, von dem man einen wunderschönen Blick auf den See hat. Währen der ganzen Fahrt und auch an unserem ersten Abend habe ich keine Probleme. Mit den Kindern und meinen Eltern habe ich bereits telefoniert. Es ist alles in Ordnung. Mir geht es gut, ich bin bester Laune.

Doch schon in der ersten Nacht, Angst! Warum? Am Morgen versuche ich nicht mehr daran zu denken, aber es funktioniert nicht. Beim Frühstückt im Speiseraum überfällt mich Panik und ich kann nichts essen. Udo sieht sofort, was los ist. Er sagt nichts, aber in seinem Blick erkenne ich Enttäuschung. Das macht mir zusätzlich Angst. Im Laufe des Vormittags bessert sich mein Zustand. Wir sind bis zum Abend unterwegs und zum Abendbrot geht es mir richtig gut. In der zweiten Nacht beginnt das gleiche Spiel. Ich fasse einen Entschluss. Von nun an werde ich eine halbe Stunde vor jedem Frühstück eine halbe Tafil nehmen. Udo sage ich nichts davon. Dass es nicht richtig ist, weiß ich, aber ich will seine Vorhaltungen nicht mehr hören. Ich kann ihn auch verstehen.

Wir hatten drei Jahre keinen Urlaub und er hat sich sehr darauf gefreut. Nun hat er wahrscheinlich Bedenken, dass wir die ganze Zeit nur im Hotel herumhängen oder sogar früher nach Hause müssen, weil es mir wieder schlecht geht. Meine Entscheidung ist richtig, mit der halben Tafil vor dem Frühstück ist der Urlaub gerettet. Jeder Tag ist ein besonderes Erlebnis.

Masuren, das Land der 3312 Seen. Vor unserer Reise habe ich mir viel Literatur über dieses Stückchen Polen besorgt. Die Neugier war groß, ich konnte nicht glauben, dass es ein solches Stück unberührter Natur mitten in Europa noch gibt. Uralte Alleen kommen mir vor wie endlose Tunnel. Hinter jeder Kurve ein neues, noch schöneres Landschaftsbild. Hier gibt es Storchennester auf jedem zweiten Haus. Kopfsteinpflaster, Höfe aus Backstein, Panjewagen und schiefe Holzzäune geben mir das Gefühl, in eine andere Zeit einzutauchen. Die meisten Seen sind durch ein Kanalsystem verbunden. Ein ideales Gebiet für Wassersportler und Angler.

Wir haben lieber festen Boden unter den Füßen und erkunden alles vom Landweg aus. Unendliche Wälder, glasklare Seen und überall diese himmlische Ruhe. Wir versuchen, so viele Eindrücke wie möglich einzufangen, darum sind wir von morgens bis abends unterwegs. Nicht nur die Natur, auch die Geschichte dieses Landes interessiert uns sehr.

Wir besuchen Kirchen, Schlösser, Burgen und Klöster. Unweit von Sensburg befindet sich das ehemalige Führerhauptquartier Adolf Hitlers, mit dem Decknamen „Wolfsschanze". In den Medien hatte ich schon viel darüber gehört und wollte es mir auch selbst einmal anschauen. Das Führerhauptquartier wurde ab Herbst 1940 im Rastenburger Wald in nur sechs Monaten gebaut. Es war eine kleine Stadt für sich. Ihr Gelände umfasste zweieinhalb Quadratkilometer. Es gab insgesamt über achtzig Gebäude. Die schwersten Bunker hatten fünf bis acht Meter dicke Betonwände und Decken. Das konnte ich mir überhaupt nicht vorstellen. Obwohl die deutschen Offiziere bei ihrem Rückzug im Januar 1945 die Wolfsschanze sprengten, ist ein Teil der Bunker noch gut erhalten, so dass man heute noch diese gewaltigen Bauwerke besichtigen kann.

Um Land und Leute etwas besser kennen zu lernen, fahren wir abseits der großen Hauptstraßen, durch kleine Dörfer. Es scheint, als ob dort die Zeit stehen geblieben ist. Viele Häuser und Bauernhöfe, deren ehemalige Schönheit noch zu erkennen ist, stehen halb verfallen und doch bewohnt in dieser herrlichen Landschaft. Weite Ackerflächen liegen brach. Viele uralte Landmaschinen, die bei uns schon im Museum stehen, werden hier noch genutzt, oder stehen einfach nur da und verrotten. Wir kommen durch ein Dorf, in dem ausschließlich uralte Holzhäuser stehen.

Selbst die Kirche ist aus Holz. Das Dorf heißt Eckersdorf und liegt in den Wäldern der Johannisburger Heide, einem Teil Masurens. 1832 kamen hier die ersten russischen Ansiedler, die wegen ihrer orthodoxen Religion verbannt wurden, her.

Alles ist sehr gut gepflegt. Das Dorf erinnert mich an die russischen Märchenfilme, die ich als Kind gern gesehen habe. In dem kleinen Dorf Springborn, welches wir an einem der nächsten Tage durchfahren, finden wir ein Kloster. Als wir uns das Kloster ansehen wollen, bemerken wir einen Pater, der die Kirche fegt. Als er uns sieht, stellt er sofort den Besen weg und kommt auf uns zu.

Wir kommen schnell ins Gespräch und erfahren, dass er der Klostervorsteher, Pater Bonifazius ist. Wir sind die einzigen Besucher und der Pater lädt uns ein, ihm durch sein Kloster zu folgen. Wir nehmen dankend an. Er führt uns durch das ganze Kloster auch dorthin, wo man als normaler Besucher nie hinkommen würde. Er erzählt viel über die Geschichte des Klosters und Masurens, sowie über das heutige Leben im Kloster. Da es gerade Mittagszeit ist, bittet er uns, gemeinsam mit ihm und den anderen Mönchen zu essen.

Wir lehnen sehr höflich ab, als einzige Frau fühle ich mich unter den Mönchen doch nicht wohl. Der Pater spricht sehr gut Deutsch und ist sehr intelligent. Zum Abschied segnet er uns. Obwohl ich dem christlichen Glauben nicht zugetan bin, bewundere ich den Pater für seine Güte und Ruhe, die er ausstrahlt. Er wirkt auf mich so glücklich, so bescheiden und zufrieden, wie man es sich nur wünschen kann.

Die Johannesburger Heide gefällt mir am besten von diesem schönen Stück Erde. Sie wird durchzogen von Polens wohl schönstem Fluss, der Kruttinna. Die Baumkronen schließen sich wie Tunnel über dem Wasser zusammen. Einfach märchenhaft schön. Nach sieben Tagen ist unser Urlaub zu Ende. Mir geht es so gut wie schon lange nicht mehr und das liegt nicht nur an der halben Tafil am Morgen. Ich konnte mich wieder an schönen Dingen erfreuen, das gibt mir Hoffnung.

Wir fahren nicht sofort nach Hause, sondern fahren weiter für drei Tage zu unseren Freunden in die Tschechei.

Eine große Wiedersehensfreude und drei wunderschöne Tage erleben wir auch hier. Es tut gut, solche Freunde zu haben.

Als ich wieder zu Hause bin, bin ich voller Energie und Freude. Ich zehre täglich von meinen Urlaubserinnerungen. Viel Zeit verbringe ich mit dem Anlegen eines Fototagebuches über diesen Urlaub. Außerdem male ich Bilder von den Orten, die mir am besten gefallen haben, und erlebe so den Urlaub noch einmal.

Doch ich werde herausgerissen aus meiner Traumwelt. Alles ist wie vorher. Ich muss meine Ärzte- und Therapeutentermine wahrnehmen. Warum kann ich mich nicht immer so wohl fühlen?

Depression ist ein Gewitter

Gerade noch war der Himmel blau.
Jetzt zeigt er sich in tiefstem Grau.
Gerade noch schien die Sonne für mich.
Jetzt nehmen dunkle Wolken die Sicht.

Gerade noch wehte ein lauer Wind.
Jetzt fegt ein Sturm übers Land.
Fühle mich wie ein ängstliches Kind.
Suche nach Deiner Hand.

Gerade noch sah ich Kinder spielen.
Jetzt ist es menschenleer.
Der Sturm ist auch in meinen Gefühlen.
Ich spür' keine Freude mehr.

Angelika Heuer

Depression

Angst, Traurigkeit, Schlaflosigkeit, Übelkeit, Kopfschmerzen,
Herzrasen, Magenschmerzen, Durchfall, Schwindel, Vergesslichkeit,
Trägheit, Lustlosigkeit, Hilflosigkeit, Einsamkeit, Zerrissenheit,
und noch viel mehr.

Depression ich hass' dich sehr.

Angelika Heuer

Du bist nicht du selbst und du kannst es nicht ändern,

Einsamkeit ist bei dir.

Panik und Ängste kommen dich holen, klopfen an deine Tür.

Ratlosigkeit macht sich über dir breit, keiner kann dich versteh'n.

Enge und Schmerzen kommen dazu, wollen nicht wieder
geh'n.

Schuldgefühle und Trauer kommen, wollen auch bei dir sein,

Schlaflosigkeit ist schon lange bei dir, stellt ihr Dasein nicht
ein.

Immer wieder stellst du dir Fragen, doch keiner beantwortet
sie.

Ohne Kampf wirst du's nicht schaffen, dann gehen die Feinde
nie.

Nur der Glaube an deine Kraft lässt dich aufersteh'n. Lässt
dich alles wieder fühlen und auch wieder seh'n.

Angelika Heuer

Depression

Depression heißt Angst und Schmerz,

heißt Trauer, Einsamkeit und Leid.

Depression heißt will nichts hören, will nichts sehen,

will nicht aus dem Bett aufstehen.

Depression heißt kann nicht wach sein und nicht schlafen,

kann nicht essen, hab vergessen, alles andere ringsumher.

Depression heißt kann nicht mehr.

Depression heißt kann nicht weinen, kann nicht lachen

und nicht lieben.

Depression heißt Ängste kriegen.

Depression heißt kann nicht denken, kann nicht sehen,

nichts verstehen und nicht ruh'n.

Depression heißt kann nichts tun.

Depression heißt aber auch,

Neubeginn wie Frühlingshauch.

Depression lässt mich verstehen,

lässt mich neue Wege gehen,

aus der Dunkelheit heraus,

Depression und nichts ist aus.

Angelika Heuer

Oktober 1999

Der Sommer ist vorbei. Ich habe Angst vor dem Winter. Schon jetzt fehlen mir die ausgedehnten Aufenthalte im Garten. Da ich nun genau weiß, dass mich Udo mit dem Auto zur Reha fahren wird, kann ich mich besser an den Gedanken gewöhnen. Die Angst vor einer Fahrt allein mit dem Zug hat mir zu schaffen gemacht. Ich habe nur noch jede zweite Woche eine Therapiesitzung und auch die Besuche bei Dr. K. und bei Frau Dr. W. sind nicht mehr so häufig. Viel Zeit verbringe ich mit meinen neuen Hobbys, dem Malen und dem Gedichteschreiben. Die Ideen sind plötzlich in meinem Kopf und wollen zu Papier gebracht werden. Trotz Gladem geht es mir aber nicht so gut, wie ich es erhofft habe. Ich bin antriebslos, schlapp und so müde, dass ich manchmal am heller lichten Tag einfach einschlafe. Obwohl ich täglich mein Sportprogramm durchziehe, mir Gutes tue und mich nicht sonderlich übernehme, denke ich, dass meine Kraft zu Ende geht.

Udo hat Geburtstag und wir haben auch unseren 22. Hochzeitstag. Zwei Höhepunkte, die wir in aller Ruhe im engsten Familienkreis verbringen.

Jeder Tag verläuft wie der andere. Hausarbeit, Arzttermine, Besuch bei den Eltern und Hobbys.

Die meiste Zeit des Tages bin ich allein. Es ist schon seltsam, wenn alle zu Hause sind, sehne ich mich nach dem Alleinsein und der Ruhe. Bin ich dann aber einige Stunden allein, warte ich auf die Rückkehr meiner Familie. Immer öfter denke ich an die Reha. Es wäre schön, wenn ich bald fahren könnte. Dann habe ich zu Weihnachten alles überstanden und mit Beginn des neuen Jahrtausends fängt auch für mich ein neues Leben an. Das ist mein größter Wunsch, denn im Moment ist Stillstand. Es geht mir nicht schlechter, aber auch nicht besser. Es ist, wie es ist, und ich werde ungeduldig. Bleibt dieser Zustand für den Rest meines Lebens so, muss ich mich damit abfinden oder kann es doch noch besser werden? Fast täglich stelle ich mir diese Frage. Herr S. versichert mir immer wieder, dass ich sehr gute Chancen habe, die Depression vollständig zu überwinden. Geht es mir gut, dann glaube ich daran, habe ich einen schlechten Tag, dann habe ich daran meine Zweifel.

Grau ist die Farbe der Depression

Grau ist die Farbe der Depression,
grau in allen Nuancen.
Rot und grün und gelb und blau haben keine Chancen.
Schatten bringt die Depression,
Schatten, wo sonst Licht,
Panik, Trauer, Angst und Schmerz
nehmen dir die Sicht.
Ein Krebsgeschwür ist Depression,
frisst sich durch alle Glieder
und wenn du nichts dagegen tust, dann kommt sie immer wieder.

Angelika Heuer

Not sortiert deine Freunde aus

Fühle mich wie ausgebrannt,
kaputt, erschöpft und leer.
Die Schwäche hat mich übermannt,
das Leben fällt mir schwer.

Ich ziehe mich immer mehr zurück.
Leb nur so vor mich hin.
Vor die Tür geh' ich kein Stück,
ich seh' darin keinen Sinn.

Plötzlich sind einige Freunde weg,
and're spielen Mitleid mir vor.
Bleibe erst recht in meinem Versteck,
häng noch ein Schloss vor das Tor.

Ich höre das Flüstern, „die ist doch verrückt,
die spielt doch nur Theater.
Hat Haus, Mann, Kinder, was für ein Glück,
die muss mal zum Psychiater."

Doch die wahren Freunde kommen im Nu.
Sie machen mir wieder Mut.
Sie nehmen mich ernst und hören mir zu
Und das tut unheimlich gut.

Die Not sortiert deine Freunde aus,
in Wahre und in Schlechte.
In Zukunft lass ich in mein Haus,
nur wenig Freunde - „Echte".

Angelika Heuer

Kennst du das Gefühl, neben dir zu stehen?

Kennst du das Gefühl, neben dir zu steh'n?
Kannst auch du dich nicht mehr im Spiegel seh'n?
Ist dir alles ganz egal?
Wird das Leben dir zur Qual?
Ist dir zum Weinen stets zumute?
Kommt nachts die Angst in der Minute,
in der du endlich willst nur Ruh
und kriegst du nicht ein Auge zu?
Kannst du nichts trinken und nichts essen?
Hast du das Schöne jetzt vergessen?
Sitzt die Angst auf deinem Thron?
Dann hast du eine Depression!!!

Angelika Heuer

November 1999

Der November ist für mich ein schlimmer Monat. Grau, nass und kalt, Tage, an denen es nicht richtig hell wird. Diese Tage hasse ich und das wirkt sich auch auf meine Stimmung aus. Ich lebe vor mich hin, mache meine Hausarbeit, male und schreibe, alles andere ist mir egal. Täglich gehe ich nun erwartungsvoll zum Briefkasten in der Hoffnung, meinen Bescheid für die Reha zu erhalten. Ich habe mich so mit der Tatsache abgefunden, dass es sogar kurze Momente gibt, in denen ich mich auf die Reha freue. Habe mir fest vorgenommen, alles an Behandlung und Information aufzunehmen, was ich bekommen kann. Mit jeder Woche, die vergeht, schwindet meine Hoffnung, noch vor Weihnachten meine Reise antreten zu können.

In diesem Monat entstehen mehr Bilder und Gedichte als in den Monaten zuvor. Die Tage sind schrecklich einsam und düster.

Dann ist er da, der Bescheid für meine Reha. Voller Freude öffne ich den Brief, als ich den Termin erblicke, bin ich geschockt.

Bevor ich weiterlesen kann muss ich mich setzen und mich beruhigen. Der Termin ist der 01.12.1999 bis 12.01.2000. Sechs Wochen und dann noch über Weihnachten, das kann ich meiner Familie nicht antun, ist mein erster Gedanke. Nach Bad Gandersheim werde ich fahren. Wo ist eigentlich Bad Gandersheim? Sofort informiere ich mich über die Klinik im Internet. Bad Gandersheim liegt also in Niedersachsen, zwischen Harz und Weserbergland. Für mich allein unerreichbar weit, darum bin ich sehr froh, dass Udo mich fahren wird.

Mit dem Termin kann ich mich einfach nicht abfinden. Ob ich vielleicht anrufe und um eine Terminverschiebung bitte? Aber nein, das geht nicht, ich bin arbeitsunfähig geschrieben, da gibt es bestimmt Ärger mit der Krankenkasse.

Endlich kommt meine Familie nach Hause. Schon an der Tür empfange ich sie mit der Nachricht, habe die Hoffnung, sie sind genauso schockiert wie ich und helfen mir, da raus zu kommen. Aber das trifft zu meinem Erstaunen nicht ein. Ganz im Gegenteil, sie reden mir gut zu. Was ist schon Weihnachten gegen deine Gesundheit. Das nächste Weihnachtsfest wird umso schöner, kriege ich zu hören. Ich rede mir ein, dass ich schließlich nicht die Einzige dort sein werde, die zu Weihnachten von der Familie getrennt ist. Vielleicht gibt es ja auch Weihnachtsurlaub.

Meine Tage bis zum Beginn meiner Reha sind ausgefüllt mit Waschen, Bügeln, Einkaufen und dem Vorkochen und Einfrieren von Speisen als Vorrat für die Familie. Schuldgefühle meine Familie in Stich zu lassen, treiben mich mal wieder zu immer mehr Aktivitäten an Obwohl mir klar ist, dass ich nicht sechs Wochen vorarbeiten kann, ist es wie ein Zwang.

Den ersten Adventsonntag bereite ich vor, wie jedes Jahr. Alles wird weihnachtlich dekoriert. Auch wenn ich nicht da bin, brauche ich die Gewissheit, meiner Familie eine gemütliche Atmosphäre für die Vorweihnachtszeit geschaffen zu haben. Alle Weihnachtsgeschenke habe ich schon gekauft und eingepackt. Nachdem alle Vorbereitungen inklusive Kofferpacken erledigt sind, verbringen wir alle einen sehr schönen 1. Advent zusammen.

Ich seh' auf die Fotos aus alten Zeiten,

doch die Erinnerung verschwimmt.

Sie sollte mich für immer begleiten,

was ist es, das sie mir nimmt?

Wann war das, wer ist das, ich weiß es nicht mehr,

es ist mir nicht egal.

In meinem Kopf geht es kreuz und quer,

für mich ist das Leben jetzt Qual.

Die Fakten und Farben wie ausgelöscht,

ich seh' alles nur noch schwarz – weiß.

Wie gern ich mich doch erinnern möcht',

doch die Gefühle liegen auf Eis.

Die Zeit vergeht, ich leb vor mich hin,

nehm' die Umwelt nicht mehr wahr.

Was hat das alles für einen Sinn?

So geht's schon ein halbes Jahr.

Doch ein bisschen Sonne ist mir geblieben,

ihre Wärme spüre ich zart.

Es ist die große Geduld meiner Lieben,

sie machen mich wieder stark.

Ich hab mich entschlossen: den Kampf nehm' ich auf,

ich will noch so viel von der Welt.

Ich werd' es erleben, ich freue mich drauf,

ich brauch dazu nicht einmal Geld.

Angelika Heuer

Ein Meer voller Tränen

Ein Meer voller Tränen in meinem Herz.
Ein Meer voller Tränen in mir.
Hab es gefüllt mit großem Schmerz,
sehne mich so nach dir.

Bist mir ganz nah und doch so fern.
Deine Wärme spür ich nicht mehr.
Habe dich noch immer gern,
vermisse dich so sehr.

Kannst nicht verstehen, was ich empfind'.
Kannst nicht fühlen die Last.
Siehst nicht in mir das verstörte Kind.
Kennst nicht die Angst, die mich fasst.

Kannst nicht umgehen mit der Krankheit,
kann es gut versteh'n.
Weiß ja selbst nicht mal zur Zeit,
wie wird's weiter gehen.
Weiß nur eins, ich liebe dich,
und das gibt mir Kraft.
Bin schon voller Zuversicht,
bald hab ich's geschafft.

Angelika Heuer

Wird es je so, wie es war ?

Wird es je so, wie es war?
Frag ich mich seit einem Jahr.
Ja, sag ich trotz aller Pein.
Ja, sag ich und es wird sein.
Ja, auch wenn ich täglich kämpfe.
Ja, auch wenn im Magen Krämpfe.
Ja, wenn die Kraft mich auch verlässt.
Ja, ich halte daran fest.
Ja, auch wenn's ist grau in grau.
Ja, ich weiß es ganz genau.
Ja, ich sage „Ja" zum Leben.
Ja, es hat mir viel zu geben.
Mein Wille, der ist ungebrochen,
ich hab's geschafft in ein paar Wochen.

Angelika Heuer

Kalter grauer Novembertag

Kalter grauer Novembertag,
Nebel liegt überm Land.
Tage, wie ich sie gar nicht mag,
suche nach einer Hand.

Kälte frisst sich unter die Haut.
Nässe zerreißt mir die Glieder.
Ist mir längst schon alles vertraut,
doch es ist mir zuwider.

So wie der Tag, so ist mein Gefühl,
trostlos, grau und fade.
In meinem Herzen, da ist es kühl,
dies find ich unheimlich schade.

Was kann ich tun, um Sonne zu seh'n,
Sonne im grauen November?
Wer hilft mir, das alles zu versteh'n?
Wer hilft mir jetzt, das zu ändern?

Angelika Heuer

Dezember 1999

Es ist soweit. Für 6 Wochen fahre ich zur Reha nach Bad Gandersheim. Ich bin froh, dass die Kinder schon vor meiner Abfahrt zur Arbeit müssen. Dies macht den Abschied schneller und damit nicht so schwer. In der letzten Nacht habe ich kaum geschlafen und dementsprechend fühle ich mich auch. Zum Glück habe ich noch Tafil für den Notfall im Gepäck. Während der Reise fahren meine Gefühle Achterbahn. Angst, Traurigkeit, Schuldgefühle, Zweifel, Hoffnung und sogar etwas Freude wechseln sich von Minute zu Minute ab. Ich bin nicht fähig, ein Gespräch mit Udo zu führen und so schweigen wir uns an. Jeder geht seinen eigenen Gedanken nach. Dabei hätte ich schon gern gewusst, was er jetzt fühlt.

Bis 13.00 Uhr soll ich in der Klinik sein aber wir sind schon zwei Stunden früher da. Der erste Eindruck macht mir Angst. Alles ist fremd und so groß. Ich melde mich an der Rezeption und erhalte meinen Zimmerschlüssel sowie einen ganzen Berg Informationsblätter und Fragebögen.

Udo bringt mich aufs Zimmer. Als wir uns gerade verabschieden wollen, steht schon eine Schwester in der Tür und fordert mich auf, zur Aufnahmeuntersuchung zu kommen. Es geht so schnell, dass die Zeit nicht einmal mehr für einen Abschiedskuss reicht.

Eine kurze Umarmung und ich stehe allein in einer mir fremden Welt. Jetzt ist mir zum Heulen, aber auch dafür ist keine Zeit. Die Schwester wartet.

Von der Klinik hatte ich eine andere Vorstellung. Ich dachte an eine krankenhausähnliche Atmosphäre, aber es ist, als wäre ich im Hotel. Mein Zimmer ist im dritten Stockwerk, hat eine Nasszelle und einen großen Balkon, von dem ich einen herrlichen Blick auf den Kurpark und den dahinterliegenden Wald habe.

Zum Glück komme ich nicht zum Nachdenken. Eine Untersuchung löst die andere ab. Es bleibt keine Zeit für Panik und Angst. Als ich dann zur ersten Mahlzeit in den Speisesaal muss, kommen meine Ängste wieder.

Ich stehe vor dem Speisesaal und mir ist schlecht, schwindlig und mein Herz will zerspringen. So viele Menschen gehen rein und raus. Viel zu viele für mein Gefühl. Ich stehe davor und zögere. Wie soll ich meinen Tisch finden in diesem großen Saal. Alle werden sie mich anstarren, wenn ich suche und was, wenn mir noch schlechter wird? Ich kann nicht zurück nach Hause und sechs Wochen hungern geht sowieso nicht, also atme ich tief durch und gehe hinein.

Wie in Trance laufe ich zwischen den Tischreihen hindurch, meine Augen suchen die Tischnummern, die Menschen nehme ich gar nicht wahr.

Als ich eine Weile vergebens gesucht habe, frage ich einen Patienten, als ob es für mich das Normalste von der Welt wäre. Dabei habe ich das Gefühl, mein Herz schlägt so laut, dass es jeder hören kann.

Die erste Hürde ist genommen. Ich sitze!

Am Tisch sitzt bereits eine Frau, die schon fünf Wochen hier ist. Sie ist nett und weiht mich auch gleich in einige Besonderheiten der Klinik ein. Die anderen beiden Plätze sind noch leer. Es kommen noch zwei weitere „Neue", darüber bin ich froh. Nur essen kann ich zur ersten Mahlzeit nicht.

An diesem Tag sind 21 Patienten angereist. Wir gehören ab heute zu einer gemeinsamen „Basisgruppe".

Noch habe ich keine Vorstellungen, was das ist und was hier alles geschehen soll. Als ich am Abend meine Sachen aus den Koffern in den Schrank packe, finde ich einen Brief von meiner Tochter.

„Liebe Mama!

Nun bist du also angekommen. Gefällt dir dein Zimmer?

Ich will ganz ehrlich sein es wird Momente geben, in denen ich dich ziemlich vermissen werde. Tom und Vati wird es sicher genauso gehen. Aber ich werde das durchstehen und du auch. Wenn du gesund zurückkehrst, werden wir alle unheimlich stolz auf dich sein, weil du Mut und Kraft bewiesen hast.

Bitte versprich mir, dass du nicht aufgibst, egal wie stark deine schwarze Stimmung sein wird.

Wenn du glaubst, nicht mehr kämpfen zu können, dann denke an deine Familie, an Simone und all die Leute, die wollen, dass es dir gut geht. Du hast den größten Teil des Weges zur Heilung schon geschafft, es wäre dumm, jetzt aufzugeben. Versprich mir, dass du den Willen zur Heilung aufbringst und in der Therapie kräftig mitarbeitest. Du würdest uns allen damit eine große Freude machen, aber vor allem bist du es dir selbst schuldig. Ich werde jeden Tag an dich denken, wir alle werden jeden Tag an dich denken. Mir hat es geholfen, diesen Brief zu schreiben und ich hoffe, das Lesen hilft dir auch.

Weißt du, was ich immer mache, wenn ich mal traurig bin? Ich schaue mir ganz lange und intensiv die Sterne an. Hört sich kitschig an, oder? Aber ich sage mir dann, da draußen im Weltraum ist ein so unendlicher Raum, da bist du ein Nichts und deine Probleme sind noch weniger als Nichts. Du schaffst das, lass die Sonne wieder scheinen.

Deine Julia"

Beim Lesen muss ich sofort wieder weinen. Ich bekomme Schuldgefühle und bin hilflos. Irgendwann schlafe ich völlig entkräftet ein.

Die nächsten Tage sind ausgefüllt mit Untersuchungen, Tests, offizieller Begrüßung durch die Klinikleitung, einer Hausführung und diversen Vorträgen über psychosomatische Erkrankungen.

Der Gang in den Speisesaal ist jedes Mal eine Herausforderung für mich.

Beim ersten Gespräch mit meiner Bezugstherapeutin wird der Behandlungsplan für mich festgelegt. Nach Auswertung der Tests stehen die Diagnosen fest.

Die da wären:

eine generalisierte Angststörung, soziale Phobie, reaktive Depression und somatoforme autonome Funktionsstörung.

Ich verstehe nur Bahnhof. Bin aber froh, dass es endlich losgeht, obwohl ich nicht weiß, was mich erwartet. Nach den ersten drei Tagen der Eingewöhnung kommt das erste Wochenende. Wir Gruppenmitglieder haben uns schnell zusammengefunden und unternehmen an diesem Wochenende eine gemeinsame Wanderung.

Am Abend führen wir lange Gespräche um uns besser kennen zu lernen. Wir sitzen lange im Foyer.

Es ist Montag der 06.12., heute wird es richtig ernst. Gleich um 7.00 Uhr beginnt meine erste Behandlung. Von nun an werde ich jeden zweiten Tag um diese Zeit zum Joggen gehen.

Es ist kalt, dunkel, mir ist schlecht und ich habe Angst. Angst, es nicht zu schaffen. Angst, dass die anderen mir im Park davonlaufen und mich allein im Dunkeln zurücklassen. Was, wenn ich umfalle und mich keiner findet? Mir ist übel, aber ich lasse es mir nicht anmerken.

Geschafft! Ich bin unheimlich stolz auf mich. Es war auch gar nicht so schlimm, wie ich es mir gedacht habe. Wir sind in der Gruppe gelaufen und der Sporttherapeut war sehr aufmerksam, so dass ich mich sicher gefühlt habe.

An den Tagen, an denen ich nicht zum Joggen gehe, stehen entweder Ausdauerschwimmen, Muskelaufbautraining oder Kneipp – Güsse zum Tagesauftakt auf dem Programm.

Danach wird gefrühstückt. Nachdem die ersten Tage wie im Flug vergangen sind und ich voller Euphorie war, dass endlich etwas mit mir passiert, komme ich langsam wieder zu mir. Sechs Wochen, 42 Tage, eine Zahl die ich im Moment nicht begreifen kann.

Schon einmal war ich solange von zu Hause weg. Damals hatte ich mir geschworen, meine Familie nie wieder im Stich zu lassen. Ich fühle mich schuldig. Ob ich die Therapie wirklich bis zum Ende durchstehe? Meine Gefühle überschlagen sich. Einmal habe ich Sehnsucht nach meiner Familie, dann wieder bin ich froh, dass ich mich auf mich selbst konzentrieren kann.

Keine Hausarbeit, kein Essen kochen, Bügeln und, und, und.

Hier bestimme ich, was ich zwischen den Behandlungen mache.
Ich genieße die Stunden in denen ich ganz allein im Zimmer bin
oder spazieren gehe. Ich denke viel über mein bisheriges Leben nach
und warum es so weit gekommen ist, dass ich jetzt hier bin.

Mit Grübeln habe ich die meiste Zeit in den letzten Monaten verbracht. Wenn am Abend das Telefon klingelt und meine Familie an-
ruft, habe ich wieder Sehnsucht. Ich komme mit diesem Gefühls-
chaos nicht klar. Aber hier geht es allen so. Wir reden viel darüber,
das hilft. Überhaupt ist das Klima hier im Haus sehr herzlich. Alle
sind hier per du und wo immer man sich trifft, gibt es ein freundli-
ches „Hallo". Egal ob man zu einer Gruppe gehört oder nicht. Dieser Zusammenhalt macht mir das Leben hier zwar leichter, trotzdem
versuche ich, nicht zu oft an die Zahl meiner Tage hier zu denken.
Die sportlichen Therapien, die täglich stattfinden, machen mir langsam immer mehr Spaß.

Die Gespräche in den Basisgruppen könnten von mir aus noch
häufiger stattfinden. In jeder Stunde versuche ich, sehr aktiv mitzu-
arbeiten, obwohl ich jedes Mal vorher vor Aufregung fast umfalle.
Es gibt mir viel, mich mit den anderen und der Therapeutin über unsere Beschwerden und ihre Ursachen auszutauschen. Die Probleme
sind so vielschichtig und bei einigen noch viel schwerwiegender als

bei mir. Ich habe das Gefühl, dass uns alle eines miteinander verbindet: wir alle wollen lernen, aus dem Teufelskreis, der uns krank gemacht hat, heraus zu kommen.

Ich glaube, weil wir alle in einem Boot sitzen, ist das Klima untereinander so gut. In der Basisgruppe lernen wir das ABC der Gefühle.

Wie stehen Gedanken und Gefühle im Zusammenhang? Wie können wir lernen, anders zu denken, die Situation anders wahrzunehmen und anders zu bewerten?

Wir lernen bisherige Gedanken zu überprüfen, ob sie überhaupt angemessen und realistisch sind, oder ob sie vielleicht überzogen, einseitig und unangemessen sind. Einfach irrational. Zwei Sätze präge ich mir gleich zu Anfang besonders ein. Übertriebene Gedanken führen zu übertriebenen Reaktionen und angemessene Gedanken führen zu angemessenen Reaktionen. Das alles wird an Beispielen aus unserem Leben, mit denen wir große Probleme haben, in Rollenspielen trainiert. Hier brauche ich nicht lügen, ich kann weinen und Schwäche zeigen, ohne dass mich jemand auslacht. Alle verstehen mich, weil es allen ähnlich geht. Man spürt, wann Trost und Mitgefühl angebracht sind oder wann einfach nur Ruhe gewünscht wird.

Es ist schwer für mich darüber zu schreiben.

Beim Schreiben werden Erinnerungen und mit diesen Emotionen geweckt. Freude, Trauer, Wut, Hilflosigkeit und vieles mehr, alles in zwei Stunden Gruppentherapie zu erleben, kostet mich sehr viel Kraft. Eigentlich will ich nach dieser Therapie allein sein und mich in mein Zimmer verkriechen. Doch das ist nicht möglich, denn die nächste Behandlung folgt gleich darauf.

Darum habe ich mir angewöhnt, nach dem Abendbrot Tagebuch zu schreiben, um so alle Ereignisse des Tages aufzuarbeiten. Danach fühle ich mich meist sehr viel besser. An den normalen Alltag in der Klinik habe ich mich gewöhnt. Allerdings habe ich noch immer Angst vor Unternehmungen in der Freizeit außerhalb der Klinik.

Mit meinen Mitpatienten Kaffee trinken zu gehen, zu wandern oder gar ins Theater zu gehen, macht mir Probleme. Aber ich will! Darum mache ich alles mit, was sich mir bietet. Wenn es mir dann wieder schlecht geht und ich Panik kriege, laufe ich nicht mehr weg, sondern rede mit den anderen darüber. Keiner schaut mich dann vorwurfsvoll an, keiner gibt gute Ratschläge. Ich fühle mich verstanden und die Angst ist nur noch halb so schlimm. Nach zehn Tagen ist selbst der Gang in den Speiseraum keine Hürde mehr für mich. Ich werte es als ersten Therapieerfolg.

Mein Therapieplan ist voll, Joggen, Kneipp–Güsse, Muskelaufbautraining, Ausdauerschwimmen, psychologische Tests, Ergometer, Basisgruppengespräche, Meditatives Malen, Yoga, Meditation, progressive Muskelentspannung, Einzel–Gesprächstherapie und regelmäßige ärztliche Kontrolluntersuchungen. Täglich habe ich fünf bis sechs Termine. Trotzdem bleibt freie Zeit, die ich nur für mich nutze.

Fast jeden Nachmittag gehe ich allein oder mit anderen im Wald spazieren, durch die Stadt bummeln oder zum Teetrinken. Am Wochenende unternehmen wir größere Touren. Wir fahren zum Weihnachtsmarkt nach Goslar, wandern nach Wolperode und Heckenbeck in die wunderschönen Bauerncafes.

Aber auch Kultur steht auf unserem Programm. In der Weihnachtswoche gehen wir zu einer Theatervorstellung ins Kloster Brunshausen. Es wird das Stück „ Der kleine Prinz" gespielt. Das Kirchenschiff der Klosterkirche ist der Theaterraum. Stühle und Bänke stehen dicht beieinander und sind auch bis auf den letzten Platz besetzt. Ich sitze mittendrin und Panik überfällt mich. Neben mir sitzt eine Mitpatientin, die noch mehr leidet als ich, wir wenden beide das bereits Gelernte an, indem wir Atemübungen machen und uns dabei an den Händen halten. So überstehen wir die Veranstaltung

und haben nach der Panik sogar etwas Spaß. Auf dem langen Fuß-
marsch zurück zur Klinik begleitet uns ein Schneesturm.

Total durchgefroren aber überglücklich, komme ich in der Klinik an.
Nach einer heißen Dusche und einem Becher heißem Kakao habe ich
das große Gefühl der Hoffnung, es zu schaffen.

Weihnachten steht vor der Tür.

Die Klinikleitung teilt uns mit, dass wir bei unserem Bezugsthera-
peuten einen Urlaubsantrag für Weihnachten oder Silvester stellen
können. Was für eine Freude. Nach Rücksprache mit meiner Familie entscheide ich mich für Weihnachten und erhalte von meiner
Therapeutin die Genehmigung.

Einen Tag vor meinem Kurzurlaub habe ich noch ein Einzelgespräch. Wir reden über den bevorstehenden Urlaub und darüber, dass
es für mich ein Konfrontationstraining werden wird. Ich bin zuver-
sichtlich, alles gut zu bewältigen. Über Nacht verwandeln sich die
Straßen in Eisflächen. Erst am frühen Nachmittag trifft Udo in der
Klinik ein.

Heiligabend 16.30 Uhr, komme ich auf Besuch in mein eigenes
Haus. Die ganze Familie sitzt am gedeckten Kaffeetisch. Am ge-
schmückten Baum leuchten die Kerzen. Die Gefühle sind so über-
wältigend, dass ich weinen muss. Dennoch wird es ein herrlicher
Abend.

Am ersten Weihnachtstag koste ich jede Minute mit meiner Familie aus. Bis jetzt hat alles super geklappt. Keine Ängste, viel Freude und gute Gespräche mit meinen Lieben. Dann am zweiten Feiertag ist alles vorbei. Dahin die guten Vorsätze, meine Sucht hat mich wieder. Die Sucht „gebraucht zu werden". In den paar Stunden, die mir noch zu Hause bleiben, putze, koche und wasche ich. Obwohl der Haushalt prima in Ordnung ist. Ich kämpfe gegen die Schuldgefühle an, meine Familie wieder allein lassen zu müssen.

Die verrücktesten Gedanken gehen mir durch den Kopf. Ich denke, dass ich meine Familie im Stich lasse, dass ich nicht liebenswert bin, weil ich ihnen so viel Sorgen mache. Mit meinen sinnlosen Aktivitäten möchte ich etwas davon wieder gut machen.

Der Tag geht zu schnell vorbei. Nach dem Kaffeetrinken fährt Udo mich zurück in die Klinik.

Der Abschied von der Familie fällt mir schwerer als beim ersten Mal. Um 20.00 Uhr bin ich wieder in meinem Zimmer. Erst jetzt realisiere ich meinen Rückfall richtig.

Jetzt werden die Schuldgefühle noch größer. Julia gegenüber habe ich ein besonders schlechtes Gewissen. Warum musste ich unbedingt putzen? Jetzt wird sie denken, ich war mit ihrer Arbeit nicht zufrieden. Warum habe ich den zweiten Weihnachtstag nicht einfach nur meiner Familie gewidmet, wo ich mich doch so sehr auf sie gefreut hatte?

Die Tränen laufen mir übers Gesicht und ich habe plötzlich das Gefühl, dass mir alles zu eng ist. In Panik verlasse ich das Zimmer in der Hoffnung im Foyer Leute zu treffen, mit denen ich mich austauschen kann. Zu meinem großen Erstaunen sitzen tatsächlich schon einige Mitpatienten in der großen Sitzecke. Sie sehen genauso verstört aus wie ich. Etwas erleichtert bin ich, als ich höre, dass sie ähnliche Erfahrungen wie ich gemacht haben.

Am nächsten Tag bitte ich um ein Einzelgespräch bei meiner Therapeutin. Sie ist über meine Erlebnisse nicht verwundert und versucht, mir die positive Seite dieser Erfahrung nahe zu bringen. Noch einmal durchlebe ich mit ihrer Hilfe alle quälenden Gedanken und bin nach dem Gespräch total fertig, aber erleichtert.

Nach Weihnachten beginnen die Gespräche in den Indikativen Gruppen. Ich bin für die Gruppe „Training sozialer Kompetenz" eingeteilt. Die allgemeingültige Problematik, die in den Basisgruppen besprochen wurde, wird in der Indikativen Gruppe vertieft. Patienten mit ähnlichen Problemen erhalten intensive, für sie abgestimmte Therapieübungen. Wieder habe ich Angst vor dem, was mich erwartet. Vor der ersten Therapiestunde geht es mir sehr schlecht. Durchfall und Übelkeit setzen mir zu und ich habe das Gefühl, die gesamte bisherige Therapie war umsonst. Die Ängste und Beschwerden verstärken sich, als ich höre, was wir in der Therapiestunde üben werden. Die Gruppe sitzt im Halbkreis und die Therapeutin ruft uns einzeln auf, vor die Gruppe zu treten und uns selbst positiv darzustellen. Mir fällt es schwer, überhaupt vor anderen zu sprechen, und dann noch sich selbst loben, dass ist zu viel.

Ich trete vor die Gruppe und warte darauf, gleich umzufallen oder zu erbrechen. Stockend beginne ich: „... ich bin gut, weil ich..." Es geht nicht. Ich versuche wegzurennen aber die Therapeutin hält mich zurück. Das ist gut so, denn, obwohl ich sehr sauer auf sie bin, habe ich somit wieder einen kleinen Schritt nach vorn gemacht. Nur noch drei Wochen bis zum Ende meiner Reha und mir geht es wieder schlecht.

Fragen über Fragen stelle ich mir plötzlich. Ist das überhaupt die richtige Therapie für mich? Wird hier in der Klinik wirklich alles getan? Sind die Behandlungen nicht doch zu oberflächlich? Und warum um alles in der Welt sind es nur fünf Sitzungen in der Indikativen Gruppe? Muss so viel Sport wirklich sein?

Mir geht es nicht alleine so, viele Mitpatienten berichten über ähnliche Zweifel.

31.12.1999

Der letzte Tag des alten Jahrtausends. Ein bedeutungsvoller Tag, für mich ist es ein Tag voller Hoffnung. Am Vormittag bringe ich mein Zimmer in Ordnung.

Dann, am Nachmittag, gehe ich spazieren und denke über mein bisheriges Leben und die Zukunft nach.

Zum Abend treffen wir uns alle zu einem festlichen Essen im Speisesaal. Jede Gruppe gestaltet danach ihre eigene kleine Silvesterfeier.

Wir haben uns in unserer Gruppe etwas Besonderes einfallen lassen.

Von der Klinikleitung haben wir uns Fackeln besorgen lassen. Schön warm eingepackt starten wir um 23.00 Uhr zu unserer Fackelwanderung auf den Klusberg. Von hier oben können wir auf die ganze Stadt sehen. Wir haben ein kleines Radio mit und singen und tanzen die letzte halbe Stunde bis zum Beginn des neuen Jahrtausends.

Dann ist es soweit, 0.00 Uhr. Die Glocken der Stiftskirche fangen an zu läuten. Wir stehen alle auf der Bergkuppe und schauen hinunter auf die Stadt. Keiner sagt ein Wort, jeder geht seinen eigenen Gedanken nach.

Einige weinen leise und auch ich kämpfe mit den Tränen. In Gedanken bin ich ganz nah bei meiner Familie in der Hoffnung, sie werden es spüren. Ich weiß nicht mehr, wie lange ich so gestanden habe. Als das Feuerwerk seinen Höhepunkt erreicht, liegen wir uns in den Armen und wünschen uns alles Gute. Das Licht unserer Fackeln reicht gerade noch zurück zur Klinik.

Wir gehen aber nicht auf unsere Zimmer, sondern gehen weiter bis zur Stiftskirche.

Die Ruhe in der Stiftskirche empfinde ich als sehr angenehm. Ich setze mich eine Weile nieder und lasse meinen Gedanken einfach freien Lauf. In dieser ersten Nacht des neuen Jahres gehe ich um 2.00 Uhr voller Hoffnung zu Bett.

Warum

Sieh doch die Angst in meinem Gesicht.
Hör doch, mein Herz schlägt ganz laut.
Mein Magen gerät aus dem Gleichgewicht.
Ein Kribbeln läuft über die Haut.

Höre, ich rufe verzweifelt nach Dir.
Sieh, meine Hand greift nach Deiner.
Die Angst, sie nimmt Besitz von mir.
Warum nur merkt es denn keiner?

Alle sind da, aber ich fühl mich allein.
Einsam inmitten der Masse.
Warum kann ich nicht glücklich sein?
Warum?, wie ich das hasse.

Warum, warum, ich dreh mich im Kreis.
Die Antwort, ich finde sie nicht.
Es gibt nur eines, was ich genau weiß,
am Ende des Tunnels ist Licht.

Angelika Heuer

Die Sonne scheint, doch mir ist kalt

Die Sonne scheint, doch mir ist kalt,
hab keine Kraft, fühl' mich uralt.
Die andern können's nicht versteh'n,
sie sagen nur alle: „Lass dich nicht geh'n,
tu was für dich, geh aus dem Haus
oder schlaf dich mal richtig aus.
Reiß dich zusammen und nimm's nicht so schwer."
All diese Sprüche verletzen mich sehr.
Sieht denn keiner, wie schlecht es mir geht?
Gibt es denn keinen, der mich jetzt versteht?
Bild' ich mir wirklich alles nur ein?
Können die Schmerzen Täuschung sein?
Nein, ich bleibe dabei: mir geht's schlecht.
Nein, ich nehm' mir jetzt endlich das Recht,
nur auf meine Gefühle zu hören,
lasse mich dabei nicht mehr stören.
Werde mich jetzt auskurieren,
lasse mich jetzt therapieren.
Trotze allen Schwierigkeiten,
die die ander'n mir bereiten.
Denke nur an mich allein,
will auch mal egoistisch sein.

Angelika Heuer

Hätte mich fast aufgegeben

Hätte mich fast aufgegeben, in dem Strudel dieser Hast.
Wollte nicht mehr weiterleben, unter dieser Last.
Hab' gelernt, ich kann es schaffen, nur für mich allein.
Hab' gelernt, mit eig'nen Waffen wieder Mensch zu sein.
Seh' im Leben neuen Sinn.
Weiß jetzt endlich, wer ich bin.
Kann auf meinen Körper hören,
kann ihn jetzt sehr gut versteh'n.
Weiß die Seele jetzt zu pflegen,
habe es gelernt.
Möchte auch noch weiterlernen,
nur für mich allein.
Möchte endlich Egoist für meine Seele sein.
Und für mich der schönste Lohn,
zu Ende diese Depression.

Angelika Heuer

1000 Worte

1000 Worte können nicht sagen, was ich fühle.

In mir, da war alles tot, in mir war nur Kühle.

1000 Tränen konnten nicht lindern meine Trauer.

In mir, da war alles fremd, stand vor einer Mauer.

1000 Stunden hatte ich nicht einmal gelacht,

um mich 'rum war alles finster, gerad', als wär' es Nacht.

1000 Träume träumte ich, Sehnsucht nach dem Glück.

Habe Tag und Nacht gekämpft, nun kommt es zurück

Angelika Heuer

Januar 2000

Neujahr!

Meine erste Handlung an diesem Tag ist das Telefonieren mit meiner Familie. Nach dem Frühstück wandere ich mit einigen Mitpatienten zu einer kleinen Dorfkirche im Nachbarort. Die frische klare Winterluft und die Ruhe an diesem Neujahrsmorgen tun mir gut. Mir gehen an diesem Morgen unzählige Gedanken durch den Kopf.

Einerseits bin ich voller Hoffnung und guter Vorsätze für „mein neues Leben", andererseits habe ich Zweifel, ob ich genug gerüstet bin für das Leben da draußen.

Nur noch zehn Tage bis zum Ende der Reha. Ich habe das Gefühl, ich drehe mich im Kreis. Es ist mir nicht genug mit den Behandlungen, die ich erhalte. Gern hätte ich mehr Gruppen – und Einzelgespräche, an Stelle der vielen Sportstunden. Beim Yoga und der Meditation verschenke ich nicht eine Minute. Der Leistungsdruck, viel aufzunehmen bei den Therapien, wird immer stärker. Dachte ich doch am Anfang meiner Reha: „Wie soll ich die lange Zeit nur überstehen?", so denke ich heute: „Nur noch ein paar Tage, und dann musst du wieder alleine klar kommen." Ich freue mich riesig auf meine Familie und habe gleichzeitig Angst vor der Zeit, die kommt. An einem dieser schrecklichen Abende entsteht folgendes Gedicht:

Die Zeit geht viel zu schnell vorbei

Die Zeit geht viel zu schnell vorbei,
des nachts lieg' ich oft wach,
ich fühle mich doch hier so frei,
doch was kommt bloß danach?

Ängste steigen wieder auf,
ich hatte sie vergessen.
Ich nahm doch schon so viel in Kauf,
ihr könnt es nicht ermessen.

Ich habe keine Sorgen hier,
wie wird es nur daheim,
kommt die Angst zurück zu mir,
wer wird dann bei mir sein?

Gefühle laufen aus der Bahn,
mal Freude und mal Trauer.
Es ist mal, wie im Fieberwahn
und dann wie kalter Schauer.

Ich weiß nicht, was ich machen soll,
wie komm ich damit klar?
Mein Kopf ist nur mit Fragen voll,
nichts ist mehr, wie es war.

Angelika Heuer

Alle scheinen die gleichen Sorgen zu haben, jedenfalls reden wir immer häufiger über unsere Ängste von der Zeit danach.

Körperlich geht es mir dadurch auch wieder schlechter.

Dann kommt zu allem Zweifel auch noch eine schlechte Nachricht von zu Hause. Tom hat seine Arbeit verloren. Am liebsten würde ich jetzt bei ihm sein. Die Nacht verbringe ich ohne Schlaf, dafür mit Tränen und quälenden Gedanken. Das Jogging am nächsten Morgen lasse ich zum ersten Mal ausfallen. Ich will niemanden sehen, will ganz allein mit meinen Gedanken sein. Darum laufe ich nach dem Frühstück allein durch den Wald bis hinaus zum Stadtrand. Dabei wechseln sich Trauer und Hoffnung ab. Langsam legen sich meine Emotionen und ich kann wieder klar denken. Genau, wie ich es in der Therapie gelernt habe, analysiere ich meine jetzige Situation und meine Gefühle nach dem ABC – Modell.

Ich führe ein inneres Selbstgespräch. A – Das Ereignis (meinem Sohn wurde gekündigt); B –Bewertung der Situation (ich bin hier und kann nicht helfen, dabei muss ich mich als Mutter doch darum kümmern, ich bin eine schlechte Mutter); C –Gefühle (Schuldgefühle).

Aus diesen Gefühlen resultieren die körperlichen Symptome, Magenschmerzen, Schwindel, Herzrasen etc.

Diese Analyse macht mir bewusst, was in mir abläuft und ich kann nun reagieren und mein Verhalten korrigieren. Das Ereignis bleibt, ich kann es nicht ändern, ändern kann ich aber meine Gedanken dazu. Ich bin hier zur Reha, ich kann meinem Sohn am Telefon zur Verfügung stehen, wenn er Rat möchte. Mehr kann ich im Moment nicht für ihn tun. Ansonsten ist er alt genug und hat auch zu Hause noch andere Mitmenschen, die er um Rat und Unterstützung bitten kann. Ich spreche mir dieses ein paar Mal leise vor mich hin und die Ruhe kehrt wirklich zurück. Ich bin unheimlich stolz auf mich, es ohne therapeutische Hilfe geschafft zu haben. Keine quälenden Gedanken, keine Schuldgefühle mehr.

Mein 47. Geburtstag.

Drei Tage vor der Heimreise verbringe ich diesen Tag in der Rehaklinik. Trotzdem ist es ein sehr schöner Tag. Die Familie weckt mich telefonisch mit ihren Glückwünschen.

Zum Frühstück kommt eine ganze Schar Gratulanten an meinen Tisch. Ich bin überwältigt von so vielen guten Wünschen und Geschenken. Anlässlich dieses besonderen Tages habe ich mir auch selbst ein Geschenk gemacht. Am Nachmittag starte ich zu einer Busreise „Rund um den Brocken". Das Wetter ist herrlich. Die Sonne scheint, und im Oberharz liegt sogar Schnee. Wunderschöne Eindrücke nehme ich auf. Ein etwas anderer, aber schöner Geburtstag.

Nur noch zwei Tage bis zur Heimreise. Die Abschlussuntersuchungen stehen an. Körperlich bin ich gesund, wenn ich auch nur zwei Pfund zugenommen habe.

Im letzten Einzelgespräch erzähle ich von meinen Bedenken und bitte darum, die Therapie zu Hause weiterführen zu können. Ich fühle mich krank, schwach und den Anforderungen nicht gewachsen. Bei dem Gedanken, wieder zum Arbeitsamt zu müssen, wird mir schlecht. Meine Therapeutin geht noch einmal sehr intensiv auf meine Ängste ein. Sie lässt sie mich durchleben. Dabei muss ich sogar heulen wie ein Schlosshund. Sie ist sehr einfühlsam. Nach einiger Zeit beruhige ich mich von ganz alleine. Die Therapeutin versichert mir danach, dass sie sehr zufrieden mit mir ist, dass ich sehr viel aus der Therapie mitnehmen werde und dass sie mir vertraut, es zu schaffen. Nach zwei Stunden dieser Einzeltherapie bin ich total geschafft, aber wieder voller Hoffnung. Ich bedanke mich bei ihr und lasse mir zum Abschied den großen Bogen Papier von ihrer Tafel mitgeben. Auf diesem Bogen haben wir gemeinsam meine falschen Gedanken und die daraus entstehenden Ängste erarbeitet. Viel Arbeit, Kraft und Tränen habe ich für diese Arbeit gebraucht. Vielleicht kann mir dieser Bogen Papier ja irgendwann noch einmal hilfreich sein. Für mich ist er so etwas wie ein Notnagel. Zum Abschied treffen sich alle Gruppenmitglieder am vorletzten Abend im Gruppenraum zu einer kleinen Abschiedsfeier. Stimmung will nicht aufkommen. Alle klagen über ähnliche Ängste, wie ich sie habe. Einer nach dem anderen verschwindet nach nicht allzu langer Zeit auf sein Zimmer. Am letzten Tag sind noch etliche Fragebögen auszufüllen und andere Formalitäten zu erledigen. Ein letzter Rundgang durch die Stadt und ein letzter Besuch in unserem Lieblings-Café folgen am Nachmittag. Erinnerungen an die gemeinsame Zeit werden dabei ausgetauscht. Nach dem Abendbrot verabschiede ich mich auf meine ganz persönliche Art von der Klinik und der Zeit, die ich hier verbracht habe. Ganz allein gehe ich ins Schwimmbad. Draußen ist es dunkel und der Mond scheint durch die große Glaswand ins Bad. Im warmen Wasser schwimme ich Bahn für Bahn und lasse noch einmal die vergangene Zeit Revue passieren. Gerne würde ich ewig so weiterschwimmen. Irgendwann fange ich an zu frieren und gehe doch in mein Zimmer. Die Koffer sind gepackt und stehen im Flur zur Abholung bereit. Ich stelle mich an die Terrassentür und schaue hinunter in den Kurpark.

Hier habe ich geweint, gelacht, gehofft und gekämpft. Hatte Emotionen, die ich seit Monaten nicht mehr hatte. Ich habe mein Bestes gegeben und habe wieder einmal das Gefühl, es war nicht genug. Die halbe Nacht stehe ich am Fenster und versinke in meinen Gedanken. Dann habe ich das Bedürfnis, für meine Mitpatienten und für mich noch ein Abschiedsgedicht zu schreiben.

Abschied

Einfach nur so „Tschüss" zu sagen,

nach 42 langen Tagen,

fällt mir schwer, ich denk euch auch,

mir geht`s nicht gut in meinem Bauch.

Wir saßen doch alle in einem Boot,

jeder kannte des anderen Not.

Verständnis für Ängste, das draußen uns fehlte,

das war es, was hier drinnen so zählte.

Jetzt fühl´ ich mich wieder hilflos und klein,

es sollte doch eigentlich anders sein.

Doch genug mit Trauer und Abschiedsschmerz,

ich habe auch Freude in meinem Herz.

Wenn ich daran denke, wie oft wir gelacht,

wie hat es mich doch froh gemacht.

Ich konnte meine Krankheit vergessen,

wenn ich hab´ mit euch zusammengesessen.

Und wenn's mir mal schlecht geht, werd` ich daran denken,

dann werde ich mir die Erinnerung schenken.

Angelika Heuer

Noch vor dem Frühstück lasse ich für jeden eine Kopie von dem Gedicht machen und verteile die Kopien auf den Frühstückstischen. Als alle an den Tischen sitzen, herrscht Abschiedsstimmung. Lachen und Weinen liegen dicht beieinander. Ich kann nichts essen, habe Mühe, mich fröhlich zu geben.

Das Gedicht kommt gut an, alle freuen sich und bedanken sich sehr herzlich bei mir. Nach dem Frühstück reisen die ersten meiner Leidensgenossen ab. Tränen fließen, gute Wünsche und Versprechungen für ein Wiedersehen und einen Briefwechsel werden gemacht. Und immer wieder Umarmungen.

Plötzlich steht Udo vor der Klinik, jetzt will ich nur noch so schnell wie möglich weg. Ganz anders als bei der Anreise plappere ich heute ununterbrochen auf Udo ein. Ich erzähle viel und sage doch nichts. Eigentlich will ich nur meine Ängste überspielen.

Frühling mitten im Winter

Frühling ist es mitten im Winter.
Frühling, doch nur für mich.
Frühling ist es in meinen Gedanken.
Frühling mit hellem Licht.

Winter, warst viel zu lange bei mir, jetzt habe ich dich verjagt.
Sommer wird dem Frühling folgen, Sommer an jedem Tag.
Sommer mit Wärme und Blumendüften,
Sommer so wunderschön lau.

Winter habe ich lange ertragen mit seinem hässlichen Grau.
Blumen blühen mitten im Winter.
Blumen, so duftend und schön.
Blumen in leuchtend bunten Farben.
Blumen, die nur ich seh'.

Wärme spür' ich,
Wärme im Herzen.
Wärme bei Schnee und Eis,
hatte schon lange nicht mehr dieses Gefühl,
jetzt wird mir bei dir wieder heiß.

Kann wieder lieben,

kann wieder küssen, hab' es lange vermisst.

Jetzt, wo die Blumen im Winter blühen, weiß ich, wie schön es doch ist.

Frühling ist mitten im Winter.

Frühling, mein Glück ist so groß.

Frühling, sollst mich immer begleiten,

lass mich nicht wieder los.

Angelika Heuer

Ich bin wieder da

Ich bin wieder da,
nach fast einem Jahr
spür ich wieder Leben in mir.

Ich spür wieder Sonne,
es ist eine Wonne.
Ich geh wieder vor die Tür.

Ich kann wieder lachen
und kann alles machen,
ich bin so dankbar dafür.

Ich kann wieder lieben,
es ist mir geblieben,
genieße die Stunden mit dir.

Ich kann wieder tanzen,
im Großen und Ganzen,
bin ich zufrieden mit mir.

Ich kann mich entdecken,
muss mich nicht mehr verstecken,
hab' jetzt ein anderes Gespür.

Angelika Heuer

Glück

Hab immer nach dem Glück gesucht,
ganz krampfhaft und verbissen.
Hab nicht gespürt, dass es bei mir ist.
Ich dachte, es zu vermissen.

Ich bin aus meinem Traum erwacht,
kann's einfach nicht verstehen.
Warum hab ich das große Glück
nicht früher schon gesehen?

Sonne, Regen, Wind und Wolken,
Blumen, Bäume, Tau im Gras.
Kinderlachen, Kinderspiele,
der Schmetterling auf deiner Nas'.

Mond und Sterne, Tag und Nacht.
Ruhe, Spaß und Trubel.
Die Stunden nur mit dir allein,
beim Höhepunkt der Jubel.

Ein Haus, ein Bett und satt zu essen.
Kleidung, Bücher, Reisen, Sport.
Mit Freunden und Familie feiern
und von dir ein liebes Wort.

All das zu sehen und zu spüren,
das ist das größte Glück der Welt.
Und nicht die Sucht nach Macht und Ruhm
und nicht das große Geld.

Angelika Heuer

Mein „neues Leben"

13. Januar 2000

Der erste Tag zu Hause ist der Beginn meines **„neuen Lebens"**.

Laut Abschlussbericht der Klinikärztin ist die Arbeitsfähigkeit wieder hergestellt. Ich bin voller Optimismus, zumal jeder von mir erwartet, dass ich wieder so bin, wie früher vor der Krankheit.

Von jetzt ab wird sich zeigen, was ich aus der Reha mitgenommen habe. Das bedeutet für mich, täglich das Gelernte zu trainieren und mein altes Fehlverhalten durch positives Denken für immer auszuschalten. Für mich besteht ab jetzt eine besondere Herausforderung. Ich werde alles selbst bewältigen, denn während der Reha war ich unter Leuten mit gleichem Schicksal. Für mich war es eine „heile Welt".

Ich war nicht ohne Schutz und immer gab es Hilfe, wenn ich sie brauchte.

Da ich nun aber wieder auf mich allein gestellt und gesund bin, ist es meine Pflicht, mich gleich am ersten Tag auf dem Arbeitsamt zurückzumelden.

Die erste Bewährungsprobe also. Ein schwerer Weg, aber ich will wissen, was ich kann und was die Therapie mir gebracht hat.

Außerdem möchte ich endlich wieder arbeiten, ein normales Leben führen und wieder unter Menschen sein.

Irgendetwas wird sich sicher finden lassen, ein Aushilfsjob vielleicht, eine ABM, eine Fortbildung oder Umschulung. Hauptsache, eine neue Aufgabe.

Aus meinem Tagebuch:

Als ich das Arbeitsamt betrete, überfällt mich eine Mischung aus Aufregung, Abneigung, Wut und Hoffnung.

Die Luft ist schon am frühen Morgen zum Schneiden dick. Ob hier jemals gelüftet wird? Die Wartezone ist voll besetzt, auch in den Gängen stehen die Menschen. Ich kämpfe mich durch, um mir eine Nummer am Automaten ziehen zu können. Doch der Automat mit den Nummern ist weg. Auch die Nummernanzeige fehlt. Unbeholfen drehe ich mich mehrmals im Kreis, kann beides aber nirgendwo finden. Ich frage eine Frau, die ganz in meiner Nähe steht, wo es denn jetzt die Nummern gibt. „Die gibt es nicht mehr, Sie müssen jetzt zur Information gehen und sich persönlich anmelden", antwortet sie mir. Erst jetzt fällt mir auf, dass hinter dem Tresen, der in der Wartezone steht, eine Mitarbeiterin des Arbeitsamtes sitzt.

Ich stelle mich an und als ich an der Reihe bin, werde ich gefragt, was ich denn wolle. Irgendwie habe ich das Gefühl, die Leute, die links und rechts von mir sitzen und stehen, spitzen gespannt die Ohren.

Einen Diskretionsabstand vermisse ich. Darum antworte ich nur ganz kurz: „ Zum Arbeitsvermittler, bitte." „Wollen Sie einen Termin oder wollen Sie gleich hier bleiben, dann müssen Sie aber warten." Ich warte! „Setzen Sie sich, Sie werden aufgerufen." Mein Puls steigt langsam an, ich habe mir vorgenommen, heute ruhig zu bleiben. In einem Nebenraum der Wartezone finde ich noch einen Sitzplatz. Von diesem Platz aus kann ich gut die Computerplätze für die Stellenangebote beobachten.

Vielleicht kann ich während meiner Wartezeit einen Platz erobern und nach Stellenangeboten schauen.

Lautes Stimmengewirr, unmögliche Gerüche, eine Atmosphäre, wie auf einem Basar, umgeben mich. Ich mache ruhig ein paar Atemübungen, als ich plötzlich sehe, wie eine Frau an einem der Computerplätze ihre Sachen zusammenpackt. Ich lege einen fabelhaften Blitzstart hin und erreiche, dank meiner langen Beine, auch tatsächlich als erste den Platz. Nachdem ich eine Zeit lang vergebens nach einem geeigneten Stellenangebot gesucht habe, höre ich eine Stimme meinen Namen rufen. Wer vorhin noch nicht mitbekommen hat, warum ich hier bin, weiß jetzt wenigstens, wie ich heiße.

Woher kam nur diese Stimme? Beim nächsten Rufen erkenne ich zwischen den Wartenden eine Mitarbeiterin des Arbeitsamtes. Ich folge ihr ins Büro. Zuerst verlangt sie meine „Kundenkarte". Sie gibt meine Daten in ihren Computer ein und fragt, warum ich da bin. Voller Selbstbewusstsein antworte ich: „Ich bin wieder gesund und möchte nun eine Arbeit." Mein Gegenüber schaut mich mit großen Augen an, gibt sich aber sehr freundlich und will auch gleich im Stellenangebot nachschauen. Ich unterbreche sie und sage ihr, dass ich das gerade getan habe. Leider war nicht eine passende Stelle dabei. „Na, dann kann ich Ihnen auch nicht weiter helfen", war daraufhin die Antwort.

„Das habe ich mir fast gedacht, darum möchte ich von Ihnen wissen, wie und wo ich mich für eine ABM – Stelle bewerben kann", erwidere ich. Dabei laufen in meinem Kopf die Regeln für das selbstsichere Verhalten wie ein Film ab.

Siehe da, es funktioniert!

Ich habe das Gefühl, ich bestimme den Verlauf des Gespräches und lasse mich nicht abweisen.

Die Mitarbeiterin schaut mich mit einem stechenden Blick an, ihre Lippen spitzen sich.

Als Antwort bekomme ich in einem barschen Ton zu hören, dass ich vom Alter her überhaupt nicht für eine ABM in Frage kommen würde. „Und was heißt hier eigentlich bewerben? Wir, das Arbeitsamt, bestimmen, wer eine ABM erhält, und wer nicht." Ihr Ton bringt meinen Puls zum Rasen.

Ganz ruhig, tief ein- und ausatmen, und gleich die nächste Frage ganz freundlich hinterher: „Wie sieht es denn mit einer Umschulung oder Fortbildung für mich aus?" Ich bekomme zu hören, dass auch eine Umschulung für mich nicht in Frage kommt. Die gibt es nur, wenn ich in meinem Beruf keine Chancen mehr hätte oder gesundheitlich dazu nicht in der Lage wäre. Beides trifft für mich nicht zu, in den alten Bundesländern gibt es genug offene Stellen in meinem Beruf. Ich könnte ja das Haus verkaufen und in ein anderes Bundesland ziehen. Zugeständnisse müsste man schon machen, wenn man arbeiten will. Mein Blut kommt zwar schon in Wallung, aber dieses Argument leuchtet mir noch ein. Bleibt noch die Möglichkeit der Fortbildung. Leider kann sie mir auch dazu nichts anbieten, weil die Bildungsträger angeblich noch keine neuen Maßnahmen beim Arbeitsamt eingereicht haben. Die Arbeitsvermittlerin rät mir, selbst bei den Bildungsträgern nachzufragen. Jetzt bin ich total verwirrt, ich verstehe die Welt nicht mehr.

Mein Film über selbstsicheres Verhalten ist gerissen. Bevor ich explodiere, verabschiede ich mich lieber. Beim Hinausgehen bekomme ich noch den Hinweis, dass ich erst wiederkommen brauche, wenn die Meldezeit um ist, zwischendurch hat es keinen Sinn. „Schließlich melden wir uns sowieso bei Ihnen, wenn wir ein Angebot für Sie haben", sagt sie mir zum Abschied.

Das Maß ist voll. Ich schaffe nicht einmal mehr die Tür zu schließen. Nur raus hier. Vor dem Haus muss ich erst einmal tief Luft holen. In meinem Auto reagiere ich mich lauthals ab. Das tut gut. Gegen Mittag bin ich wieder zu Hause. Zur Erholung mache ich mir zuerst einen Kaffee und lese dabei die Zeitung. Dabei stolpere ich über eine Anzeige vom Arbeitsamt.

„Am Donnerstag und Freitag bleibt das Arbeitsamt wegen Umbaumaßnahmen geschlossen. Die Umbauarbeiten sind erforderlich, damit wir uns in Zukunft noch kundenfreundlicher präsentieren können."

Was? Noch kundenfreundlicher? Was wird mich dann beim nächsten Besuch erwarten? Vielleicht gibt es dann noch eine Voranmeldung zur Anmeldung.

Wenn es nicht so traurig wäre, könnte man fast darüber lachen.

Kurze Zeit nach meinem Besuch beim Arbeitsamt werde ich aufgefordert, eine Bewerbung für eine Fortbildungsmaßnahme bei einem Bildungsträger in unserer Stadt abzugeben. Also bitte, es geht doch. Die Bewerbung bringe ich gleich am nächsten Tag persönlich in die Bildungseinrichtung. Leider ist der Zeitpunkt des Beginns dieser Maßnahme nicht bekannt, trotzdem bin ich froh, dass sich etwas tut. Ich beschließe, bis zum Beginn der Fortbildung die Zeit zu nutzen und die Suche nach einer Selbsthilfegruppe fortzusetzen.

Zuerst wende ich mich an die Gesundheitsberaterin meiner Krankenkasse. Sie hat mir schon vor meiner Reha geholfen und weiß bestimmt, wo ich eine Gruppe finde. Sicher bin ich nicht die Einzige, die einen solchen Wunsch hat. Leider stellt sich heraus, dass es in unserer Stadt und auch in der näheren Umgebung noch immer keine Selbsthilfegruppe für Menschen, die unter Ängsten und Depressionen leiden oder litten, gibt. Allerdings motiviert mich die Gesundheitsberaterin ganz stark, selbst eine solche Gruppe zu gründen. Spontan sage ich zu, ohne zu wissen, was auf mich zukommen wird. Ich will einfach etwas tun, um mir und anderen Betroffenen zu helfen. Beim Gesundheitsamt hole ich mir Informationsmaterial über die Gründung einer Selbsthilfegruppe.

Danach suche ich nach geeigneten Räumlichkeiten für die Gruppentreffen. Ich frage beim Paritätischen Wohlfahrtsverband unserer Stadt nach und erhalte sofort Unterstützung. Der Verband ist bereit, mietfrei einen Raum für die Gruppentreffen zur Verfügung zu stellen. Außerdem sorgt der Verband für eine Veröffentlichung über die Gründung der Selbsthilfegruppe „Angst und Depression" in der örtlichen Presse.

Jetzt, wo der Termin der Gründung steht, habe ich alle Hände voll zu tun. Am Computer entwerfe ich Handzettel, die ich außerdem mit selbstgemalten Bildern gestalte. Beim Paritätischen Wohlfahrtsverband habe ich die Möglichkeit, diese Handzettel zu vervielfältigen.

Mit meinem Werbematerial gehe ich zu Ärzten, Psychotherapeuten, Krankenkassen, in Krankenhäuser und zum Gesundheitsamt. Dabei stoße ich auf ganz unterschiedliche Reaktionen. Ich erlebe ganz viel Zustimmung und Interesse, sowie gute Wünsche, aber auch Ablehnung und Arroganz. Es macht mich wütend, wenn so etwas ausgerechnet von medizinischem Personal und von Mitarbeitern der Krankenkassen kommt. Trotzdem steht dem Tag der Gründungsveranstaltung nichts mehr im Wege. Nachdem alle Vorbereitungen getroffen sind, wird mir etwas mulmig. Die Lawine, die ich ins Rollen gebracht habe, ist nicht mehr zu stoppen. „Ich schaffe das", sage ich mir immer, denn der Mensch wächst mit seinen Aufgaben.

Am Tag der Gründungsversammlung bin ich sehr aufgeregt, aber dies würde jedem so ergehen. Was erwartet mich? Wieviel Personen werden zur Veranstaltung kommen? Was soll ich sagen? Was, wenn man mir Fragen stellt? All diese Fragen gehen mir durch den Kopf.

Ich erinnere mich, wie stark mein Wunsch nach einer Gruppe noch vor wenigen Wochen war.

Mit diesem Gefühl mache ich mich auf den Weg.

Als ich den Raum betrete, ist die Hälfte der Plätze schon besetzt. Bis zum vereinbarten Beginn sind alle Stühle belegt. 21 Personen sind gekommen. Mit dieser Resonanz habe ich nicht gerechnet.

Super, ich habe selbst etwas Großes bewegt! Alle Blicke sind auf mich gerichtet.

Ich fange ganz einfach an, über meine Befindlichkeit zu reden.

Mein erster Satz lautete: „Wenn meine Stimme versagt oder zittert, so liegt es daran, dass ich noch nie vor so vielen, mir fremden Menschen geredet habe und dass mir im Moment das Herz bis zum Hals schlägt und der Magen bis zu den Knien hängt. Zu meinem Erstaunen ist das Eis sofort gebrochen und meine Selbstsicherheit kehrt zurück. Ich höre von den Leuten, dass es ihnen genauso geht und dass sie froh über die Gründung einer solchen Gruppe sind. Krankengeschichten, Lebensläufe, Wünsche und Anregungen, jeder erzählt von dem, was ihn bewegt, und immer wieder ähnelt sich alles.

Die Zeit vergeht wie im Flug und schnell sind wir uns einig über das nächste Treffen.

Auch heute, mehrere Jahre nach Gründung der Gruppe, treffen wir uns noch immer einmal in der Woche. Viele gemeinsame Aktivitäten haben wir schon erlebt, freudige Ereignisse und auch Kummer, Leid und Tränen miteinander geteilt. Dies hat uns zusammengeschweißt. Ein fester Gruppenkern von immerhin 12 Mitgliedern hat sich gebildet. Zudem kommen immer wieder Betroffene auch nur für kurze Zeit vorbei. Jeder ist uns herzlich willkommen.

So haben wir unter anderem einen Kurs zur progressiven Muskelentspannung durchgeführt, haben an einer Veranstaltung des MDR – Fernsehens zum Thema „Stressbewältigung" teilgenommen, waren gemeinsam zum Schwimmen, Wandern und Eis essen. Wir haben uns auch kreativ und sportlich betätigt. Zum Thema „Angst" haben wir eine Gesprächsrunde mit einem Psychologen durchgeführt und zur Zeit nehmen wir gerade an einem Qi Gong Kurs teil.

Über die örtliche Presse haben wir uns und unsere Krankheiten der Öffentlichkeit vorgestellt.

Inzwischen erhalten wir von staatlichen Stellen und den Krankenkassen Fördergelder, mit denen wir unsere Arbeit in der Gruppe attraktiv gestalten können. Für mich sind die Mitglieder der Gruppe längst zu sehr guten Freunden geworden.

In der Gruppe fühle ich mich verstanden, dort kann ich über alles sprechen, ohne ausgelacht und verspottet zu werden. Die Treffen sind ein fester Bestandteil in meinem Leben geworden.

Es ist soweit, meine Fortbildung zur „Assistentin der Geschäftsführung" beginnt. Zum gleichen Zeitpunkt geht auch meine Gesprächstherapie zu Ende. Die wenigen Stunden, die mir nach meiner Reha noch zur Verfügung standen, habe ich wohl überlegt in großen Abständen genommen.

Für den Notfall würde ich mir gern ein paar Stunden aufheben, aber das geht nicht und so war dann doch die letzte Stunde gekommen. Herr S. versichert mir, dass ich auf dem allerbesten Wege bin, mein neues Leben hervorragend, selbstständig zu bewältigen. Mit einem selbstgemaltem Bild für seine Praxisgalerie bedanke und verabschiede ich mich. Er hat mich eine lange Zeit auf dem Weg in mein neues Leben begleitet. Er hat mir geholfen, den richtigen Weg zu finden, dafür bin ich ihm dankbar. Wieder ist mit dem Ende der Gesprächstherapie ein Kapitel abgeschlossen und ein neues beginnt. Das Kapitel Fortbildung,

Ich komme wieder unter Menschen und habe eine Aufgabe. Natürlich gab es am Anfang auch Bedenken, ob ich es schaffen werde. Diese Bedenken legten sich aber nach kurzer Zeit, als ich merkte, dass es vom fachlichen Stoff nicht schwer wird.

Es ist eine Auffrischung meiner letzten beruflichen Tätigkeit. So kann ich sehr gelassen dem Unterricht folgen. Ich habe allerdings Probleme, im Klassenverband meinen Platz zu finden. Schon nach den ersten Tagen bilden sich kleine Grüppchen, ich will mich nicht für irgendeine Gruppe entscheiden müssen. Für mich sind alle gleich und ich will auch mit allen auskommen. Doch das wird nicht von allen akzeptiert. Mal wird über diesen und mal über jenen hergezogen und ich werde oft aufgefordert, meine Meinung abzugeben. Warum soll ich irgendeiner Gruppe oder Person zustimmen, wenn ich keine Probleme mit diesem Menschen habe?

Ich mache deutlich, dass ich zu Problemen anderer keine Stellung beziehen werde und dass ich meine Probleme allein klären kann. Seitdem fühle ich mich als Außenseiter, aber ich werde nicht mehr gefragt. Im Marketingunterricht zum Thema Kommunikation nutze ich die Chance und halte ein Referat über das ABC der Gefühle im Umgang mit sich selbst und mit anderen. Die Dozentin ist begeistert. Ich erhalte eine glatte Eins.

Für die Männer bin ich seitdem die schrullige Psychotante. Ich glaube, sie sind einfach nur unsicher. Von der Reaktion der Frauen bin ich überrascht. Sie stellen viele Fragen, sind interessiert und manche offenbaren mir sogar ihre Probleme und fragen um Rat.

Den kann ich nur insofern geben, indem ich ihnen von meinen eigenen Erfahrungen erzähle. Wir Frauen haben jetzt einen guten Kontakt zueinander. Auch heute treffen wir uns noch einmal im Monat, um Sport zu treiben, Essen zu gehen oder einfach nur um zu reden. Wenn auch nicht fachlich, so hat mich diese Fortbildung doch menschlich ein Stück vorwärts gebracht.

Im Rahmen dieser Fortbildung habe ich auch ein dreimonatiges Praktikum bei meiner Krankenkasse gemacht. Diese drei Monate waren die schönsten der ganzen Fortbildung. Schon am ersten Tag werde ich von dem Team empfangen, als ob ich schon lange dazu gehöre. Dadurch habe ich mich schon nach kurzer Zeit eingearbeitet. Obwohl die Arbeitszeit nicht sehr günstig ist, macht mir die Arbeit riesigen Spaß. Auch außerhalb der Arbeitszeit unternehmen wir einiges zusammen.

Ich habe seit langem wieder das Gefühl, gebraucht zu werden. Die Gesundheitsberaterin dieser Krankenkasse nutzt meine Anwesenheit, um mich mit Patienten zusammen zu bringen, die an psychosomatischen Krankheiten leiden. So profitiert nicht nur die Krankenkasse, sondern auch noch die Selbsthilfegruppe von meiner Arbeit. Für mich könnte es ewig so weitergehen.

Gern möchte ich nach meinem Praktikum dort arbeiten.

Ich habe mich um diese Stelle beworben, weil ich weiß, dass diese Abteilung erweitert werden soll und weil mir die Arbeit riesigen Spaß macht. Leider kann die Krankenkasse keine externen Bewerbungen berücksichtigen und so bin ich das erste Mal seit meiner Entlassung aus der Reha wieder traurig. Sogar Tränen fließen beim Abschied. Inzwischen arbeite ich einige Stunden auf Honorarbasis in einer anderen Abteilung dieser Krankenkasse. Der Kontakt zu den Mitarbeitern besteht noch immer. Auch wir treffen uns in unregelmäßigen Abständen zu irgendwelchen Aktivitäten.

Eine Woche, bevor ich das Praktikum begonnen habe, wurde bei meiner Mutter Brustkrebs diagnostiziert. Brustkrebs! Warum meine Mutter? Warum jetzt, wo gerade alles wieder so gut läuft? Krebs war bis jetzt immer eine Krankheit der anderen, warum nun wir? Es gibt keine Antwort und es hat auch keinen Zweck, danach zu suchen.

Das Gefühl nach dieser Nachricht konnte ich nicht richtig einordnen. Gemeinsam habe ich mit meinem Vater geweint, zwischendurch wieder Hoffnung geschöpft und dann kam die Angst vor dem Tod.

Aus meinem Tagebuch:

Nachdem ich den ersten Schock überstanden habe, werde ich aktiv. Ich will alles über Brustkrebs erfahren. Viele Stunden verbringe ich im Internet und sammele alle interessanten Informationen. Im

Chat tausche ich mich mit Betroffenen aus, das tut gut und gibt neue Hoffnung.

Bis jetzt habe ich mich noch nie mit Krebs beschäftigt, nun lerne ich die vielen Gesichter des Krebses kennen. Selbst Brustkrebs ist nicht gleich Brustkrebs. Und ich erfahre, wie gut die Heilungschancen heute schon sind. Je mehr Informationen ich aufnehme, desto mehr Hoffnung auf Heilung schöpfe ich. Immer und immer wieder versuche ich auch meine Eltern, besonders meine Mutter, mit einzubeziehen. Es fällt mir schwer zu akzeptieren, dass sie meinem Wissensdrang nicht offen gegenübersteht. Nachdem die Brustamputation überstanden ist, stehe ich meiner Mutter auch bei den anstrengenden Untersuchungen und Nachbehandlungen zur Seite. Ich durchlebe mit ihr alle Ängste, wenn die Blutwerte mal wieder schlechter als erwartet ausfallen und wenn sie nach der Chemotherapie wieder ganz unten ist. Dann versuche ich, sie aufzubauen.

Ein schwieriges Unterfangen. Aber ich lasse nicht locker und fordere sie immer wieder auf, aktiv zu sein. Irgendwie ist es auch mein Krebs geworden und ich habe ihm den Kampf angesagt in der Hoffnung, dass meine Mutter dann mitkämpft.

Ich weiß nicht, ob das der richtige Weg ist, aber für mich ist es der einzige, mit dieser Krankheit klarzukommen.

Ganz intensiv besinne ich mich seit dieser Krankheit wieder auf meine Therapie und das dort Gelernte. Bewusst lasse ich Arbeiten liegen, die mir im Moment nicht wichtig erscheinen. Ich setze Prioritäten. Udo und meine Kinder stehen mir und meinen Eltern voll zur Seite. Auch Ulrich habe ich in dieser schweren Zeit wieder öfter gesehen. Die Familie ist ein Stück enger zusammengerückt.

Inzwischen hat meine Mutter die Chemotherapie und die Bestrahlungen überstanden. Alle Nachuntersuchungen sind zufriedenstellend verlaufen. Es geht wieder aufwärts.

Dafür hat es meinen Vater jetzt erwischt. Schon lange klagt er über Schmerzen in den Beinen. Leider wurde er von mehreren Ärzten nicht richtig ernst genommen.

Bei ihm wurden die Schmerzen als psychosomatische Beschwerden abgetan, zurückzuführen auf die Krebserkrankung meiner Mutter. Beruhigungstabletten und Schmerzmittel brachten keine Linderung, die Beschwerden nahmen zu. Auf eigene Initiative suchten wir eine Orthopädin und danach einen Neurochirurgen auf. Endlich wurde mein Vater richtig untersucht.

Mit Hilfe einer Computertomographie und einer Kernspintomographie wurde eine hochgradige Verengung des Spinalkanals festgestellt.

Eine Operation steht nun bevor. Ich bin sicher, auch damit werden wir gemeinsam fertig.

Seit Monaten betreue ich meine Eltern so gut ich kann, habe mein Praktikum hervorragend absolviert, meine Fortbildung gut abgeschlossen und fahre an drei Abenden in der Woche arbeiten. Auch in der Selbsthilfegruppe bin ich weiterhin aktiv, wann immer meine Zeit es zulässt.

Natürlich habe ich meine Hochs und Tiefs, aber ich habe gelernt, mit ihnen umzugehen. Wenn ich mich besonders gut fühle, erledige ich zu meinen alltäglichen Arbeiten auch noch die Dinge, die ich liegen gelassen habe, als es mir schlecht ging. Wenn es mir nicht gut geht, nehme ich mir die Zeit und tue mir viel Gutes. Ich kenne die Signale, die mein Körper aussendet, gut, und weiß genau, wonach er verlangt, habe große Routine darin bekommen, kleine Streicheleinheiten für die Seele in meinen ganz normalen Tagesablauf einzubringen. Im Auto auf dem Weg zur Arbeit lege ich zum Beispiel meine Lieblingsmusik ein, oder höre eine Motivationskassette, je nach Stimmung. Auch eine Rose auf dem Armaturenbrett verbessert mein Befinden. Ein Smiley am PC im Job, ein bewusster Blick in die Natur, es gibt unendlich viele Möglichkeiten. Es passiert zum Beispiel schon einmal, dass ich irgendwo anhalte, weil ich etwas besonders Schönes entdeckt habe. Neulich war es ein Kastanienbaum.

Ich habe kurz angehalten, einige Kastanien aufgehoben und bin weitergefahren. Zu Hause habe ich mich an ihrer wunderschönen Maserung und ihrem Glanz erfreut.

Jeder, der mit mir unterwegs ist, muss damit rechnen, dass ich das eine oder andere aufhebe, mitnehme und mich intensiver als andere für etwas interessiere. Diese sogenannten Mitbringsel werden auch von mir bei meinen kreativen Tätigkeiten weiterverarbeitet, irgendwo dekorativ hingelegt oder nach einiger Zeit entsorgt und durch Neue ausgetauscht.

Eine andere Möglichkeit der Kurzentspannung ist für mich die Yogaatmung. Tief durch die Nase einatmen, kurz anhalten und durch den Mund wieder ausatmen. Meist werde ich schon nach vier bis fünfmal Atmen wieder ruhiger. Das kann man überall machen, ohne dass es jemand merkt.

Bei mir läuft diese Atmung inzwischen von alleine ab, wenn ich gestresst oder aufgeregt bin.

Aus größeren Tiefs holen mich meine Hobbys heraus.

Malen, Schreiben, Basteln, Fotografieren, Rad fahren und mit Freunden treffen. Auch mein Interesse am Buddhismus hat sich noch verstärkt und hilft mir über vieles hinweg.

Bei negativen Gefühlen, wie zum Beispiel Ärger, Wut, Neid und Missgunst, setze ich mich besonders mit den Lehren des Buddhismus auseinander und finde so schnell zu den positiven Gedanken zurück. Mit diesen Gedanken geht es mir dann auch wieder gut.

Mein Leben hat nicht weniger Probleme als vor meiner Krankheit. Probleme gehören ganz einfach zum Leben dazu. Höhen und Tiefen sind ein ständiger Kreislauf, den man nicht durchbrechen kann. Ändern kann man nur seine Ansicht darüber. Hat man das einmal begriffen und verinnerlicht, wird alles viel leichter und schöner. So ist auch mein Leben viel schöner geworden, trotz gelegentlicher Tiefs, die ja auch ihr Positives haben.

Ich bin voller Neugier auf jeden neuen Tag, probiere viel aus, traue mir viel zu und vor allem lebe ich bewusst.

Es lohnt sich nicht, Vergangenem nachzutrauern. Nichts und Niemand kann Vergangenes rückgängig machen. Warum also Kraft und Zeit damit verschwenden? Die Erfahrungen und Erinnerungen bleiben und können bei Bedarf wieder abgerufen werden.

Mein Motto:

Jeder Tag ist neues Leben!

Jeden Morgen bin ich voller Neugierde, was der Tag mir bringen wird. An die Zukunft denke ich nur begrenzt.

Natürlich plane ich auch, habe feste Termine, die ich einhalten möchte, aber langfristige Planung mache ich nicht mehr. So bin ich dann auch in diesem Jahr ganz spontan mit Udo in den Kurzurlaub gefahren. Ohne festes Ziel sind wir einfach los, weil wir das Gefühl hatten, wir brauchen eine Auszeit. Es war wunderschön. Fünf Tage waren wir an der polnischen Ostseeküste in Leba. Herrliche Ruhe, wunderschöne Natur und alles ohne Vorbereitungsstress. Wir haben ein paar Sachen eingepackt und sind losgefahren.

Ich weiß nicht, was das Leben noch für mich bereit hält und ich will es auch gar nicht wissen.
Im Moment bin ich glücklich mit dem, wie es ist!

Nachwort

Zu Beginn meiner Therapie wollte ich ein neuer Mensch werden. Inzwischen weiß ich, dass das auch nach jahrelanger Therapie nicht möglich ist und dass ich dies auch nicht wirklich will. Ich bin ich, mit allem, was mich ausmacht: mit den Erfahrungen, den Erinnerungen, den Wünschen, dem Wissen, dem Glauben und vielem mehr.

Die Erfahrungen der Vergangenheit bleiben mir erhalten. Heute sehe ich manches allerdings aus einem anderen Blickwinkel, so dass sie nicht mehr so schmerzlich und lähmend sind. Ich habe gelernt, meine alten, krankmachenden Denk – und Verhaltensmuster durch neue, positive, auszutauschen. Ich weiß, dass die Umsetzung des Gelernten ein ewiger Kampf bleiben wird, den es sich aber lohnt, zu kämpfen.

Übrigens, die Songs von Wolle Petry habe ich durch Songs von Herbert Grönemeyer ersetzt.

Das Leben ist Veränderung!

FSC
www.fsc.org
MIX
Papier | Fördert
gute Waldnutzung
FSC® C083411

Zeitfracht Medien GmbH
Ferdinand-Jühlke-Straße 7
99095 Erfurt, Deutschland
produktsicherheit@kolibri360.de